In Erinnerung an meine Ex-Freundinnen
von denen ich so viel fürs Leben lernte.

Liebe endet mit Liebeskummer,
Sex endet mit Orgasmus.
Die Lust auf Abenteuer endet nie.

Hasenjagd
im Singlemarkt

Liebe endet mit Liebeskummer,
Sex mit Orgasmus

Lebens- Liebes- und Sex- Episoden

von

Siggi Selector

Adler landen nie im Käfig

Impressum

Hasenjagd im Singlemarkt
Liebe endet mit Liebeskummer, Sex mit Orgasmus

Überarbeitete, 2. Auflage 2018
von Siggi Selector

Umschlagfoto:
Titelfoto (c) C. Schueler - cpschueler@gmx.de

Bibliografische Information der deutschen Nationalbibliothek:
Die Deutsche Nationalbibliothek verzeichnet diese Publikation in der
Deutschen Nationalbibliografie; detaillierte bibliografische Daten sind
im Internet über dnb.d-nb.de abrufbar.

Herstellung und Verlag:
BoD-Books on Demand, Norderstedt

ISBN: 9783752823851

Inhalt „Hasenjagd im Singlemarkt"

Erinnerungen

Es ist Samstag, schon 13:00h, ich habe sehr lange geschlafen. Jetzt trinke Kaffee und surfe im Internet, werde langsam wieder richtig wach.

Facebook wird gecheckt. Ich überfliege die Einträge meiner vielen Bekannten. Immerhin kenne ich wirklich alle persönlich. Mit jedem Typ der da als mein Freund gelistet ist, habe ich irgendwann in den letzten 40 Jahren mal ein oder tausend Bier zusammen getrunken, und ich kenne auch jede meiner gelisteten Freundinnen persönlich.

Sie sind Bedienungen aus meinen Stamm-Kneipen, Mädchen, die ich mal mit oder ohne Erfolg angemacht habe. Tanzpartnerinnen, Urlaubsbekanntschaften, Gogo- und Strip-Tänzerinnen, einige meiner Ex-Freundinnen und auch Mädchen, die Sex für Geld machen.

Ich muss grinsen, weil das Foto meiner Ex-Ehefrau Julia bei Facebook zufällig neben dem Foto einer Prostituierten steht. Sie weiß ja nicht, wer sie ist und warum ich sie persönlich kenne.

Julia. Das Julchen. Sie liebt mich heute immer noch ein bisschen, obwohl sie mit einem anderen Mann verheiratet ist. Manchmal telefonieren wir. Weil sie mich anruft. Nicht ich sie. Sie tut mir ein bisschen leid.

Ich sehe das Foto von Pat. Wir haben zusammen im Sandkasten gespielt. Sie hat mich mit Sand beworfen und ich habe sie verkloppt. Sie hat geweint. Dabei habe ich sie geliebt.

Ich entdecke weitere Schulkameradinnen und Exfreundinnen in die ich verliebt gewesen war und mit denen ich Sex gehabt hatte.

Einige dieser Mädchen haben mein Leben so sehr geprägt, dass sie es geändert haben und mir unvergesslich sind.

Ich falle gedanklich in die Vergangenheit zurück.

Der Liebestrottel

A wie Angelika

Meine erste große Liebe fällt mir ein, obwohl ich sie nicht unter meinen Internet-Freundinnen habe.

Ich war damals 17. Ich hatte noch nie geküsst und noch nie eine feste Freundin gehabt, aber als BRAVO-Leser wusste ich, was man mit Mädchen machen kann und ich hatte Lust darauf. Ich begann einen Tanzkurs, richtig spießig in der Tanzschule. Meine Eltern zahlten den Kurs und gaben mir Taschengeld. Als Gymnasiast hat man ja noch keinen Job und kein eigenes Geld. Schüler verdienen ja nichts.

Ich verliebte mich unsterblich in meine gleichaltrige Tanzpartnerin. Sie war ein ganz süßes, braves Mädchen, kam aus gutem Haus. Wir gingen zusammen nicht nur Tanzen, sondern auch ins Kino, Theater, Museum. Wir machten auch Waldspaziergänge und unterhielten uns viel.

Angelika wusste, dass ich sie liebe, aber sie hat meine Liebe nicht erwidert. Nach einem halben Jahr beendete sie unsere leider platonisch gebliebene Freundschaft und verließ mich für einen 22jährigen Bankkaufmann mit Auto und dickem Geldbeutel.

Er hat sie entjungfert und sie hat mich einfach stehen lassen, ohne mich überhaupt nur einmal an sich rangelassen zu haben.

Damals habe ich mich das erste Mal in meinem Leben gefragt, ob es überhaupt was bringt, geduldig auf ein Mädchen zu warten, in das ich verliebt bin.

Ich schob die Schuld auf Angelika, die Lügnerin. Sie hatte immer gesagt, dass sie mich mag, aber nicht liebt und sie wäre noch nicht bereit für Sex. Ich Idiot habe das geglaubt und Rücksicht genommen und ewig gewartet. Bis sie mich verlassen hatte für einen, der nicht gewartet hat. Der hatte sie mit seiner Erfahrung rumgekriegt und keine Rücksicht auf ihre Unschuld genommen.

Die anderen Mädchen waren bestimmt anders und fair. Ich hatte den Glauben an die Liebe noch nicht verloren. Es gab ja noch andere Mädchen.

Liebe ist eine vorübergehende Blindheit
für die Reize anderer Frauen.
Marcello Mastroianni, Filmschauspieler

B wie Bärbel

Die nächste, die mich enttäuschte, war wieder eine Tanzpartnerin und wieder eine, die ich von ganzem Herzen liebte und auf die ich Rücksicht nahm.

Ich ging noch immer in die Tanzschule, machte den Anfängerkurs noch mal gratis mit, weil die Schule „Herrenmangel" hatte und ich wusste, dass man da schnell Mädels kennen lernen konnte. So traf ich auf Bärbel, die sah nicht so süß aus wie Angelika, sondern frecher. Ich ging mit ihr nicht ins Kino und Theater, sondern in Discotheken und verqualmte Kneipen. Ich verliebte mich in sie und sie nahm meinen Antrag auf gemeinsames Fortsetzen des Tanzkurses an. Wir vereinbarten, den Abschlussball miteinander zu tanzen. Ha, sie gehörte mir. Ich nahm mir vor, ihr an diesem bedeutenden Ball-Abend, mit Anzug und Blumenstrauß im passenden Moment den ersten Kuss zu geben. Aber es kam anders.

Sie muss die ganze Zeit irgendwie geahnt haben, dass ich etwas Ernstes mit ihr vorhatte. Aber statt mir zu sagen, dass sie mich sowieso nicht liebte, nutzte sie mich als Tanzpartner aus und hielt mich in der Hoffnung auf „mehr" hin. Bis zum Abschlussball, denn für diesen Ball brauchte sie ja einen harmlosen Trottel, der sie anhimmelte.

Nach den Eröffnungstänzen des Balls war dieser Pflichtkurs für sie erledigt und sie brauchte mich nicht mehr. Sie sagte, der offizielle Tanzteil des Abschlussballs wäre jetzt erledigt und ich könnte jetzt auch mit anderen Mädchen tanzen. Ich sagte: „Ich will aber nur mit dir tanzen." Sie erklärte, sie hätte jetzt die Schnauze voll von der Tanzschule, die ihr ihre Eltern verordnet hatten und sie würde jetzt gehen. Jetzt sofort.

Bärbel ging in die Garderobe, zog sich ihre schwarze Lederjacke über das schwarze, kurze Abendkleid an, und obwohl ich hinter ihr herrannte und sie überreden wollte, wenigstens noch bis zum Ende dieses Abschlussballs zu bleiben, ließ sie sich nicht stoppen. Ich redete noch auf sie ein, als sie durch die Pforte der Tanzschule auf den Parkplatz ging, ich an ihrer Seite. Auf dem Parkplatz der Tanzschule angekommen, ging sie schnurstracks auf einen Motorradfahrer zu, der da neben seiner schweren Maschine stand. Es war kein Mofa und er war auch kein gleichaltriger Junge, sondern so ein großer Kerl mit breiter Schulter vom Typ Rocker, bestimmt schon über 20 Jahre alt.

Der stand cool an seine Maschine gelehnt, rauchte eine Zigarette, und wartete. Bärbel ging auf ihn zu, fiel ihm in die Arme und küsste ihn. Nicht so ein bisschen, sondern richtig auf den Mund, und er schmiss die Kippe weg und nahm sie in den Arm.

Ich stand da und musste das ansehen. Nach dem Kuss sagte sie zu ihm: „Fahrn wir." Und sie schwangen sich aufs Motorrad.

Bärbel saß hinter ihrem Rocker, umklammerte ihn von hinten, sah aus wie eine Rocker-Braut, schaute mir ins Gesicht und sagte:

„Tut mir leid Siggi. Du bist ganz okay, aber ich liebe nun mal ihn und nicht dich. Du findest bestimmt auch bald ne Freundin. Mach's gut."

Der Rocker, der die ganze Zeit kein einziges Wort gesagt hatte, warf den Motor seiner Maschine an und die beiden brausten davon. Ich habe Bärbel nie mehr angerufen und sie nie mehr gesehen.

Inzwischen war ich 18 und hatte noch nie Sex gehabt, weil ich immer Rücksicht genommen habe auf die beiden Mädchen, die mich ein Jahr schmoren ließen, obwohl sie genau wussten, dass ich mehr von ihnen wollte als nur tanzen. Statt einfach mit mir Schluss zu machen und mir zu sagen, ich solle ne andere lieben, benutzten sie mich als Tanzpartner.

Sie haben mir ein Jahr meines Lebens den Sex geraubt, weil sie sagten, dass sie für Sex noch nicht bereit wären und ich Idiot hatte Rücksicht darauf genommen. Nur ein Tanz-Gigolo und Escort-Boy war ich für die Mädchen.

Zweimal war ich unglücklich verliebt gewesen und hatte vergeblich auf die Erwiderung meiner wahren Liebe gehofft.

Nach Bärbel hatte ich eine schreckliche Vermutung: Mädchen wollen coole Typen und keine Softies. Keine Jungs, die Rücksicht nehmen, sondern Machos, die sie schnappen, geil machen und ins Bett ziehen.

Ich nahm mir vor, die nächste, die ich kennen lernen würde, die würde ich sofort küssen und wenn sie sich nicht küssen lässt, dann werde ich sie sofort verlassen und keine Zeit mehr investieren. Und ich würde mich nicht mehr verlieben, bevor sie sich nicht in mich verliebt hätte. Denn sich verlieben und eine Abfuhr kriegen, das tut weh, unsagbar weh.

Erst küssen, dann verlieben. In dieser Reihenfolge musste es sein, damit man keine Zeit verliert und sich gegen Herzschmerz absichert.

Das Problem aber war, dass ich mich nicht traute, ein Mädchen zu küssen, weil ich noch keine Erfahrung im Küssen hatte.

Aber niemand stirbt als Jungfrau. Das Leben fickt jeden. Irgendwann ist immer das erste Mal.

Der erste Kuss

C wie Claudia

Mir war klar, dass ich ein Spätentwickler war. Weil ich mich immer in bildschöne Mädchen verliebte und mich einfach nicht traute, das Mädchen zu küssen, das ich kannte und in das ich verliebt war. Außer Kino gehen und gemeinsames Rumhängen, heute Chillen genannt, war nichts.

Im Urlaub ist es dann endlich passiert. Da war ich schon 18 Jahre alt. Fern von zu Hause, in einer Stadt, die nicht meine Heimatstadt war. In einer Discothek, wo nur Leute waren, die ich nicht kannte. Falls ich mich blamieren sollte, würde also keiner meiner Freunde zu Hause darüber lachen können, falls meine Flirtversuche scheitern würden.

Da flirtete ich mit einem etwas molligen Mädchen, nur deshalb, weil sie das Opfer für meinen ersten Kussversuch sein sollte. Mit Mädels, in die ich verliebt war hat es ja nie geklappt. Aus Angst, dass meine Angebetete mich als Kuss-Anfänger erkennen würde und ich dadurch in Ungnade fallen würde, hatte ich nie eine einfach mal geschnappt und sie einfach geküsst. Heute weiß ich, dass Frauen darauf warten, dass genau so ein Kuss im richtigen Moment einfach sein muss.

Also langer Rede kurzer Sinn: Weil mir das mollige Mädchen fremd war und es mir total egal war, ob sie mich nach einem verunglückten Kuss noch liebte oder nicht, fing ich an, mit ihr zu flirten.

Weil ich beim Smalltalk bei ihr Erfolg hatte, fragte ich sie, ob sie mit mir einen Spaziergang am Strand machen würde. Dabei nahm ich ihre Hand und wir redeten über Mond und Sterne und wie romantisch doch die Nacht sei.

Eiskalt kombinierte ich: Das Mädchen will auch etwas erleben. Sonst würde sie nicht mit einem Fremden die Disco verlassen und an den Strand gehen. Auch noch Hand in Hand! Also erster Körperkontakt. Hat sie nicht abgewehrt. Sondern zugelassen.

Und dann dieser Mond und Sterne-Atmosphäre.

Hübsch oder mollig, egal, es war ein Girl. Girls kann man küssen und ein Boy muss irgendwann endlich tun was ein Mann tun muss, wenn er einmal ein Mann werden will.

Also blieb ich stehen, schaute ihr in die Augen und es war ihr klar was nun geschehen würde und sie rannte nicht weg. Also küsste ich sie. So einfach ist das.

Man muss es nur tun.

Und es funktioniert auch ohne Liebe.

Vielleicht gerade deshalb:

Zwangloser und Entspannter.

Petting ohne Liebe

Claudia erwiderte meinen Kuss. Wir hörten nicht auf uns zu küssen. Am Strand, in der dunklen Nacht unter den Sternen. Romantischer geht's nicht.

Ich wurde geil und sie wurde geil und ich spürte ihren schon fraulichen, rundlichen Körper an meinem Körper und ihren Busen an meiner Brust.

Da bekam ich das natürliche Verlangen, einmal einen Busen zu berühren. Ich streichelte erst über ihrer Jeans den Arsch, dann die Taille, fuhr mit der Hand über ihrer Bluse nach oben und dann berührte ich ihren schon vorhandenen jungen, vollen, großen Busen. Der war zwar unter der Bluse, aber ich spürte schon, dass ich da was Festes aber Weiches in der Hand hatte. Ich genoss es, das erste Mal im Leben einen Busen in meiner Hand zu spüren.

Sie ließ es geschehen und knutschte mich weiter, als hätte ich sie gar nicht angefasst oder sie hätte es nicht gemerkt. Mein Penis schwoll an. Das merkte sie und drückte ihren Unterleib fest dagegen, weil sie ihn spüren wollte. Weil ich so was noch nie erlebt hatte, kam ich allein deswegen schon fast zu einem Orgasmus. Aber glücklicherweise doch nicht.

Jetzt war ich noch geiler und wagte die nächste nie zuvor vollzogene sexuelle Handlung: Ich ging mit meiner Hand nun von unten unter ihre Bluse.

Da spürte meine Hand das erste Mal im Leben die nackte Haut einer Frau.

Ich ließ die Hand nach oben wandern, über ihre Haut, unter der Bluse, über ihre Taille, spürte ihren nackten Rücken und während ich sie mit dem Küssen ablenkte, als hätte ich das mit dem Ablenken durch Küssen schon oft gemacht, ließ ich meine Hand vom Rücken nach vorne wandern, unter ihren Achseln durch, bis sie auf ihrem Busen lag.

Beziehungsweise auf ihrem BH, denn sie hatte leider tatsächlich so ein Ding an. Es war trotzdem geil, klar, es war das erste Mal für mich, diese Fummelei, und das auch noch beim ersten Kuss. Ich zwängte meine Hand auch noch unter den Büstenhalter, damit ich wirklich ihren nackten Busen in meiner Hand spüren konnte.

Das Küssen wurde immer feuchter und die Hose immer enger und plötzlich griff mir Claudia sogar mit der Hand an den Schwanz. Na ja, an die Hose, aber an der Stelle, wo sie sich wegen meinem harten Schwanz wölbte. Sie hatte sich wohl gedacht, dass wenn ich ihr an den Busen fassen würde, dann dürfte sie mir bestimmt auch an den Schwanz fassen.

So standen wir am Strand, in der Nacht, unter dem Sternenhimmel. Wenn ein anderes Spaziergängerpärchen an uns vorbeiging, dann war uns das scheißegal. Das waren auch nur Jugendliche aus der Disco, die wie wir einen Bummel machten, um Knutschen und Fummeln zu können.

Wir knutschten uns und fummelten eine ganze Weile an uns rum, bis es im Stehen zu ungemütlich wurde. Wir unterbrachen das Küssen, liefen freudestrahlend und uns kleine Küsschen gebend die Strandpromenade herunter. Wie zwei Verliebte.

Bis zur nächsten Parkbank. Da setzten wir uns hin und küssten weiter. Ich streichelte unter ihrer Bluse ihren Busen und sie rubbelte über meinen Jeans an meinem Schwanz und ich wurde immer geiler.

Wir hörten nicht auf uns zu Küssen, und ich knetete ihren jungen, runden, großen Busen immer fester, wilder und ungehemmter.

Da spürte ich, wie sie den Reißverschluss meiner Jeans aufmachte, was ihr mit Mühe tatsächlich gelang. Als sie den Hosenschlitz weit genug offen hatte, um mit ihrer Hand in meine Hose zu gelangen, zwängte sie ihre Hand hinein und suchte eine Möglichkeit, an meinen Schwanz zu kommen, der noch unter der Unterhose war. Dieses Gefummel in meiner Hose machte mich natürlich noch geiler und ich hatte Mühe, weiter Zungenküsse mit ihr zu machen. Aber ich durfte nicht aufhören mit Küssen, um sie nicht zu unterbrechen bei dem Tun, was sie da unten in meiner Hose tat.

Meine Geilheit und ihr Angriff auf meinen Schwanz in meiner Hose machten mich mutiger und fordernder und ich schob ihren BH brutal nach oben, über ihre Brüste. Als mir das gelungen war, knöpfte ich ihre Bluse auf, ohne hinzusehen, immer noch küssend, während sie in meiner Hose mit der Unterhose kämpfte und versuchte, das erste Mal in ihrem Leben einen nackten Männerschwanz in ihre Hand zu kriegen.

Endlich hatte ich ihre Bluse ganz aufgeknöpft. Ich schob ihr den Brüstehalter noch höher, bis unter ihren Hals und jetzt konnte meine Hand absolut frei und ungehindert ihre volle Busenpracht fühlen und kneten.

Jetzt wollte ich ihre Brüste, die ich bisher nur gefühlt hatte, endlich nackt sehen. Ich beendete das Küssen und da wir dadurch nicht mehr in einer gezwungenen Kussstellung verharrten, konnte ich mich auch etwas anders hinsetzen. Ich hob leicht meinen Po an, die verklemmte Unterhose löste sich, sie kriegte meinen Schwanz richtig zu fassen und ich beugte mich nach unten und küsste ihren Busen. Dabei machte ich eine Bewegung, dass sie meinen Schwanz wieder aus ihrer Hand verlor, aber sie fand ihn wieder, während ich mich mit meinem Mund ihrer Brustwarze näherte.

Gerade hatte ich mit meiner Zunge ihre Brustwarze erreicht und damit begonnen, ihren Nippel zu lecken, da hatte sie meinen Schwanz korrekt in ihrer Hand. Er war steif und schmierfeucht vor lauter Geilheit. Sie legte ihre Finger um den Schaft und genau in dem Moment, als ich ihren Brustnippel in meinen Mund einsog und begann, daran zu saugen, da fing sie an zu wichsen. Ich spürte meinen Penis in ihrer Hand und es war das erste Mal in meinem Leben, dass die Hand einer Frau an meinen Schwanz wichste.

Ich nuckelte am Nippel ihres Busens und fühlte ihre Hand an meinem Penis und ich saugte und sie wichste und kaum dass wir damit begonnen hatten, besiegte mich meine Geilheit.

Ich bekam einen gewaltigen Orgasmus und das Sperma spritze aus mir heraus, in ihre Hand.

Sie erschrak, zog die Hand weg, aber weil ich immer noch an ihrem Nippel nuckelte und dabei grunzte, nahm sie meinen total versauten Penis wieder in ihre Hand und verschmierte mein Sperma über meiner Eichel. Ich glaubte ich muss sterben, so durchschossen die Orgasmuswellen meinen Unterleib. Sie hörte nicht auf, mir diese Orgasmenstöße mit ihrer Hand zu besorgen, bis ich vor lauter Orgasmus nicht mehr an ihrer Brust nuckeln konnte und damit aufhören musste. Ich legte meinen Kopf auf ihren Busen und wimmerte: „Aus! Schluss! Bitte aufhören! Ich kann nicht mehr!"

Sie ließ meinen Schwanz los und kraulte meinen Hinterkopf, während meine Wange an ihrem molligen Busen lag und ich mich wieder beruhigte.

Dann richtete ich mich wieder auf, sah in ihr rundes, goldiges Gesicht, in ihre Äugelein. Dann küsste ich sie ganz verliebt und zärtlich auf ihren vollen Mund.

Ich glaube, das war der Tag, an dem ich unheilbarer Busenfetischist wurde.

Das Ganze geschah im Urlaub mit einem Mädchen das ich gar nicht liebte. Aber sie hat mich glücklich gemacht.

Ich hatte gelernt: Glück und Sex kann man auch empfinden mit einem Partner, den man nicht liebt

Wenn ich verliebt gewesen wäre, hätte ich mich das alles gar nicht getraut.

* * *

Petting mit Liebe
D wie Daniela

Nachdem ich den ersten Kuss und den ersten Petting-Sex geschafft hatte, war mein Selbstbewusstsein so gewachsen, dass ich mir zutraute, auch ein hübsches Mädchen zu küssen, das ich wirklich liebte. Ohne Angst, mich zu blamieren.

Wieder zu Hause angekommen baggerte ich selbstbewusst ein schönes Mädchen in der Disco an und sie verliebte sich auch in mich. Daniela war leider noch Jungfrau und nicht bereit für den letzten Schritt. Aus Liebe zu ihr nahm ich Rücksicht auf ihre Gefühle und blieb zufrieden mit Zungenküssen und Petting. Ich lutschte an ihren Titten und sie wichste mich bis zum Orgasmus.

Es war echte Liebe. Dann fuhr sie in Ski-Urlaub, mit ihren Eltern und verliebte sich dort in den Skilehrer. Der war so charmant mit seinem Österreichischen Dialekt, da ist sie mit ihm ins Bett gegangen und hat sich von ihm entjungfern und durchvögeln lassen.

Als sie zurückkehrte und in meinen Armen weinte, wusste ich sofort was los war und habe natürlich mit ihr Schluss gemacht. Ich hatte sie wirklich geliebt und was war der Dank für meine Rücksichtnahme:

Sie vögelt mit einem Macho rum. Das sind scheinbar die Männer, die Frauen wirklich wollen.

Schon nach Angelika und Bärbel hatte ich die schreckliche Vermutung gehabt, dass Frauen sich eher in coole Typen verlieben, als das Flehen verliebter Softies zu erhören. Frauen werden wohl nur bei Machos geil.

Leider wird man nicht sofort ein cooler Macho. Ich hatte Daniela geliebt und wie ein Softie auf sie Rücksicht genommen, statt sie wie der Skilehrer einfach mal richtig durchzubumsen.

Hatte ich mir nach den Tanzpartnerinnen vorgenommen, mich erst zu verlieben, nachdem ich den ersten Kuss erobert hatte, so nahm ich mir nun vor, mich erst zu verlieben, wenn das Mädchen auch wirklich Sex mit mir machte, nicht nur Petting.

* * *

Wir werden geboren und dürfen an den Brüsten einer Frau nuckeln. Und wenn wir Glück haben, dann dürfen wir auch so sterben.

Alt-Macho Danny in der TV Serie Boston Legal

Blowjob statt Liebe
E wie Elli

Da fällt mir eine kleine Geschichte ein, nämlich die, wie ich zum Profi-Küsser wurde und meinen ersten Blowjob kriegte. Es passierte auf der Fasnachtsparty in meiner Stammdisco, an einem Sonntag Nachmittag. In der Disco wurde von Freitag bis Aschermittwoch durchgehend gefeiert und die Stimmung war ausgelassen und alle waren enthemmt.

Der Disc-Jockey ordnete ein Spielchen an: Alle Frauen bilden einen Kreis, die Männer auch, und zwar um den Kreis der Girls herum. Wenn die Musik startete, musste der Kreis der Mädels linksrum laufen und der Kreis der Jungs rechtsrum. Immer wenn der Deejay die Musik stoppte, mussten sich die Girls umdrehen und den Boy küssen, der gerade vor ihnen stand. Viele haben dieses Kreis und Kussspiel auf der Tanzfläche mitgemacht. Ich natürlich auch.

Plötzlich hatte ich ein Mädel im Arm, die küsste so verdammt gut, dass mir dabei die Schnürsenkel aufgingen, wie man so schön sagt.

Als der Disc Jockey wieder die Musik startete, und das Mädchen mir wieder entfleuchen wollte, weil der ganze Kreis wieder lostanzte, da hielt ich sie einfach an der Hand fest, zog sie aus dem Kreis heraus, an den Rand der Tanzfläche und knutschte mit ihr weiter. Ich wollte nur noch sie küssen, nicht mehr die anderen, die mir dieses Ringelpietz bieten würde.

Wir standen am Rande der Tanzfläche und sie saugte mir plötzlich die Luft aus dem Mund, so dass ein Unterdruck im Mund entstand und wir klebten regelrecht mit den Mündern aneinander. Ich war total überrascht, und bemühte mich auch, dass die Lippen genau aufeinander passten und der Unterdruck im Mund nicht verloren ging und so saugten wir. Mal saugte sie an meiner Zunge, mal saugte ich an ihrer Zunge während die gesaugte Zunge mit der saugenden Zunge spielte. Diese Kusstechnik war sooo geil!

Ich nahm sie wieder an der Hand, zog sie von der Tanzfläche, zu einer Sitzbank in der Disco und wir knutschen weiter auf diese Art und saugten uns und klebten aneinander und mein Schwanz klopfte in meiner Hose und wollte auch beachtet werden.

Ich schnappte sie wieder an der Hand, zog sie hinter mir her, Richtung Toilette. Echten Sex erwartete ich gar nicht, aber ich dachte, wenn sie mit mir auf die Toilette gehen würde, ohne vorher Reißaus zu nehmen, dann könnte sie mir beim Knutschen einen runterholen.

Ich zog sie an der Hand hinter mir her, durch die brodelnde, Fasching feiernde Menschenmenge in der Disco. In dem Chaos merkte niemand, dass ich mit ihr auf die Herrentoilette ging und wir beiden uns in einer Kabine einschlossen.

Natürlich hatte es einer bemerkt, der auch gerade auf der Toilette war, aber der lachte nur und fand es geil was da abging. Der bewunderte mich, dass ich es geschafft hatte, ein Mädchen auf die Toilette abzuschleppen und ging wieder raus in die Disco, in

24

der Hoffnung, auch ein Mädchen aufreißen zu können.

Ich nahm ihren Kopf in meine Hände und wir knutschen noch mal kurz und heftig, dann ließ ich ihren Kopf los und machte mich unten zu schaffen, packte meinen Schwanz aus, während ich oben weiterküsste und auch noch den Gürtel der Hose öffnete. Sie merkte natürlich, was ich da unten machte. Sie stoppte das Küssen, ging in die Hocke, riss mir die Hose und die Unterhose runter und dann saugte sie meinen Schwanz.

Wow. Das hatte ich gar nicht erwartet und so was war mir noch nie passiert. Nicht mal Daniela, die mich doch geliebt hatte, war je auf die Idee gekommen, dass man auch den Schwanz seines Freundes küssen könnte. Und dieses Mädchen, die ich erst seit 15 Minuten kannte und überhaupt nicht liebte, und sie mich auch nicht, die wusste was Spaß macht und tat es!

Ich sah nach unten, sah nur ihren Hinterkopf, ihre blonden Haare und spürte meinen Schwanz in ihrem Mund. Ich griff nach unten, fasste in ihre Haare und sie sah zu mir herauf, während sie weiter an meinem Schwanz saugte. Ich sah in ihre weit aufgerissenen Augen, in ihr hübsches Gesicht und sah meinen Schwanz in ihrem Mund, mal tiefer in ihrem Mund und mal weniger tief, aber immer drin in ihrem feuchten, heißen Mund und sie saugte fest an ihm, so wie sie fest an meiner Zunge gesaugte hatte, bei diesem wahnsinnig geilen Zungenkuss mit dem Unterdruck im Mund.

Der Anblick und das Gefühl war so was von geil, dass ich schon bald zum Orgasmus kam. Sie erschrak ein bisschen, als das Sperma in ihren Mund schoss, aber sie saugte tapfer weiter, weiter und weiter, bis sie das Sperma in ihrem Mund nicht mehr halten konnte und sich über die Kloschüssel beugte und meine Nachfahren ins Klo spuckte. Sie wischte sich den Mund mit Klopapier ab, nahm noch mal Klopapier und steckte es sich in den Mund und leckte mit der Zunge darüber. Dabei sah sie mich nach Lob heischend mit ihren schönen Augen an.

Ich sagte nur „Wahnsinn", wischte mir mit Klopapier meinen Pimmel trocken, packte ihn wieder ein und zog die Hose wieder korrekt an.

Dann legte ich meine Hände um ihre Hüften, sah in ihr hübsches Gesicht und sprach die ersten Worte zu ihr, denn bis jetzt hatte ich außer „Wahnsinn" noch kein Wort gesagt:

„Wie heißt du?"

„Elisabeth, aber man nennt mich Elli."

Sofort trommelte einer gegen die Klotür, der Ellis weibliche Stimme im Männerklo gehört hatte und schrie: „Hey, was geht denn hier ab?"

Elli und ich unterdrückten unser Lachen, öffneten die Tür und huschten ohne uns die Hände zu waschen, schnell raus aus der Männertoilette, ohne zu den Jungs rüber zu sehen, die da am Pissoire standen und pinkelten und Elli grölend nachriefen „Hey Maus, bleib doch, ich will auch!"

Draußen flüchtete Elli sofort auf die Frauentoilette, die war genau gegenüber. Kurz vorher drehte sie sich kurz zu mir um und winkte lächelnd. Die Tür ging zu und sie war weg.

Ein Typ kommt aus der Herrentoilette, steht hinter mir und klopft mir auf die Schulter.

„Ist das deine Freundin?" fragt er mich.

„Sieht so aus!", sage ich und der Typ zieht glücklicherweise ab, Richtung Tanzfläche.

Wartend stehe ich vorm Damenklo und warte auf meine neue Freundin. Sie hatte mir einen geblasen! Ich konnte es immer noch nicht fassen. Das hatte noch nie ein Mädchen mit mir gemacht. Sie musste in mich verliebt sein. Sie hat mich nicht schmoren lassen wie die anderen Mädchen, in die ich immer verliebt gewesen war. Ich hatte mir vorgenommen, mich nur noch zu verlieben, wenn mir eine durch Sex beweist, dass es sich auch lohnt, sich in sie zu verlieben.

Elli, sie hatte meinen Schwanz unaufgefordert in ihren Mund genommen und gesaugt, bis ich ihn ihrem Mund einen Orgasmus bekommen hatte und mein Sperma in ihren Mund gespritzt hatte. Ein Mädchen, das so was macht, die muss ja total verliebt in den Mann sein, dem sie den Schwanz küsst. Das Blasen war der beste Liebesbeweis, den eine Frau einem Mann geben kann.

Jetzt stand ich vor der Damentoilette und war verliebt in Elli, weil sie mir einen geblasen hatte.

Elli braucht aber lange. Wahrscheinlich spült sie sich den Mund mit Wasser aus, geht mal pinkeln und richtet sich vor dem Spiegel das Kajal auf ihren großen Augen. Mir scheint es eine Ewigkeit zu dauern. Endlich kommt sie wieder raus. Sie sieht mich, wie ich da stehe und auf sie warte und sagt:

„Was willst du noch?"

„Dich!", sagte ich.

„Quatsch, es ist Fasching. Es ist Party angesagt, sonst nix. Brauchst nicht auf Liebe zu machen."

Ohne mir ein Abschiedsküsschen zu geben, lässt sie mich stehen und entschwindet Richtung Menge der Partygemeinde. Ich bleibe verdutzt stehen und sehe ihr nach wie ein begossener Pudel.

Kurz bevor sie in der Menge der Menschen ganz verschwindet, dreht sie sich immerhin noch einmal nach mir um, lächelt mich an und winkt noch mal zum Abschied.

Das war Elli. Sie hat mich nicht geliebt, hat nicht mal meinen Namen wissen wollen. Ihre letzten Worte klingen mir noch im Ohr:

„Brauchst nicht auf Liebe zu machen."

Ich war ganze 5 Minuten in sie verliebt gewesen, nämlich in der Zeit, als ich vor der Damen-Toilette auf sie gewartet hatte. Dann kam sie raus und machte mit mir Schluss. Aber im Gegensatz zu meinen früheren Freundinnen, die immer beteuert hatten, dass sie mich wirklich liebten, hat Elli mir mehr Sex gegeben als die anderen. Sie hat mir einen geblasen und mich glücklich gemacht. Ganz ohne Liebe.

„Brauchst nicht auf Liebe zu machen."

Ihren Satz habe ich trotzdem erst später verstanden: Liebe ist eine Sache, Sex ist eine andere. Sex kann man auch ohne Liebe haben. Elli war etwas älter als ich. Von ihr konnte man was lernen.

Man braucht nicht zu lieben oder jemandem vormachen, man würde lieben, um Sex zu bekommen. Sex gibt es auch ohne Liebe. Elli hat's mir deutlich gemacht. Sie schenkte mir Sex, ohne Liebe von mir zu wollen. Es hat ihr einfach Spaß gemacht, mich mit einem Blowjob dafür zu belohnen, dass ich den Mut gehabt hatte, sie von der Tanzfläche zu ziehen um sie weiter küssen zu können.

Ich küsse heute noch immer den Elli-Stil, mit dem Unterdruck. Kaum ein Mädchen kennt diese Art, bis sie mich küsst. Und jede findet diese Art gut und kann nicht genug davon bekommen.

Schon aus diesem Grunde habe ich Elli nie vergessen. Bis heute nicht.

Der One Night Stand
E wie Eva

Von Ellis Satz war ich derart motiviert, dass es mir kurze Zeit später gelang, in einer Disco irgendein blondes, versautes Sexbömbchen aufzureißen, die ich nicht liebte und mit der ich frei von Scheu und Schüchternheit einen One-Night Stand hatte.

Ich schaute sie an, sie schaute mich an, wir flirteten, lachten zusammen und ich sagte schließlich:

„Komm, wir gehen noch einen Sekt bei dir zu Hause trinken."

Eva sagte: „Ich habe aber keinen Sekt zu Hause."

„Dann holen wir welchen an der Tankstelle!"

Wir fuhren erst zur Tanke, dann zu ihr, tranken Sekt und hatten unkomplizierten, puren Sex ohne Liebe. Weil ich gespürt hatte, dass Eva nur „Spaß" haben und keine Beziehung mit mir wollte, verliebte ich mich auch nicht in sie.

Wir trennten uns nach der Nummer ganz ohne Kummer. Es war der erste Sex mit vollem Programm für mich und selbstverständlich kann ich diese Nacht nie vergessen und auch nicht das, was ich schon bei Elli gelernt hatte:

Sex gibt es auch ohne Liebe und man kriegt davon keinen Liebeskummer, sondern nur einen Orgasmus. Wie geil!

Liebe tut weh, ich leide

F wie Fiona

Ich surfe noch immer im Internet und versuche einen klaren Kopf zu bekommen. Aber je mehr ehemalige Freundinnen ich bei Facebook und Wer-kennt-wen entdecke, desto mehr kommen die alten Erinnerungen hoch. Mir wird immer klarer, warum ich mich nicht mehr verlieben kann.

Da entdecke ich im Internet Fiona. Sie ist im Freundeskreis eines alten Schulkameraden, sie hat mich in der Internet-Community bisher nicht entdeckt und ich sie bis jetzt auch nicht.

Ich hasse Fiona. Weil ich sie einst so sehr geliebt habe, dass ich sogar geweint habe, als ich sie verlor. Ich fahre mit der Mouse auf den Button „Nachricht an Fiona schreiben" und schreibe mir meine Wut von der Seele. Sie soll wissen, was sie mir damals angetan hatte:

Es ist zwar schon über 30 Jahre her, aber ich erinnere mich sehr gut an Dich. Ich war damals Soldat beim Bund, nur am Wochenende zu Hause, bei dir. Du hast mich mit einem andern betrogen und einfach mit mir Schluss gemacht. Ich hab den Aff für dich gemacht, hab dir gesagt, du kannst jederzeit zu mir zurückkommen, weil ich dich wirklich liebe. Ich hab dir Rosen geschickt, um dich zurückzuerobern. Wir haben es dann noch mal probiert, aber in unserer Beziehung war dieser Knacks und du machtest einfach ein zweites Mal mit mir Schluss. Ich habe sogar geflennt.

Aber nach dir hab ich nie wieder wegen einer Frau geheult. Habe nie wieder einer Frau Rosen geschenkt, nicht mal der Frau, die ich später mal geheiratet habe. Du warst die letzte, die von mir Rosen gekriegt hat und der ich hinterhergerannt bin.

Bis zu dir war ich Softie. 3 Monate waren wir zusammen. Damals war das eine lange Zeit, LOL und ich habe dich so sehr geliebt und du hast mich so sehr verarscht.

Nachdem du mich enttäuscht hattest habe ich das Vertrauen in alle Mädels verloren und bin MACHO geworden. Ich verdanke dir, dass ich als Macho so viele Mädels aufreißen konnte und cool genug geblieben bin, nie in die Familienfalle zu tapsen. Bin zwar mal verheiratet gewesen, aber hab die Notbremse gezogen und mich wieder glücklich scheiden lassen, bevor Kinder da waren. Bin inzwischen zwar älter geworden, aber auch immer erfahrener und trotzdem jung geblieben, zumindest im Herz, wenn ich überhaupt noch ein Herz habe, wegen dir.

Ich freue mich, dass ich dich hier im Internet gefunden habe und ich mich deshalb wieder daran erinnere, was für ein schwacher Softie ich damals gewesen bin, bis du mir den letzten Glauben an die wahre Liebe ganz geraubt hast und ich zum coolen Macho wurde.

Wie ich an deinem Profil sehe, bist du inzwischen Mutter von zwei Töchtern die schon Twens sind. Ich hoffe, sie enttäuschen die Jungs, die in sie verliebt sind, nicht so wie du es mit mir gemacht hast.

Jetzt bin ich mal gespannt, ob du meine Freundschaftsanfrage hier bei wkw annimmst. Siggi.

Einen Tag später erhielt ich eine Nachricht von ihr. Sie akzeptierte mich als Freund, aber schrieb nur 4 Worte: „Es tut mir leid."

Liebe tut weh, sie leidet

G wie Gabi

Nach Fiona machte ich nie mehr auf Liebe. Liebe tat doch nur weh aber nur Sex tat nur gut.

„Brauchst nicht auf Liebe machen," hatte mir Elli damals gesagt und ich Idiot hatte mich bei Fiona nicht dran gehalten. Hatte geliebt und wie immer die gleiche Quittung dafür bekommen: Liebeskummer. Na immerhin war ich um eine Erfahrung reicher.

Es begann eine Zeit der One Night Stands und Kurzbeziehungen, die oft nicht länger hielten als einen Monat. Es waren die 80er Jahre, ich war Mitte 20 und spätestens seit Fiona war mir klar, dass Softies keinen besonderen Erfolg bei Frauen hatten.

Von Aids hatte noch nie jemand was gehört und alle vögelten ohne Gummi im Vertrauen darauf, dass die Mädchen die Pille nahmen, weil sie nicht schwanger werden wollten. Zwei mal fing ich mir den Tripper ein, so krank war die Zeit damals, in der sich fast jedes „anständige" Mädchen auf der Suche nach einem festen Freund bumsen ließ. Man musste nur ein bisschen gekonnt flirten.

Absolut cool machte ich die hübschesten Mädchen in den Discotheken, Bistros und auf Studentenpartys an und es war mir scheißegal, ob ich eine Abfuhr kriegen würde oder nicht, weil ich in keine verliebt war. Aber je mehr mir die Girls egal waren, desto mehr rannten sie mir hinterher.

Irgendwann eroberte ich ein Traumgirl, die hieß Gabriele, also Gabi.

Gabi war erst 18 und ich war kurz davor, mich wieder richtig zu verlieben, da fand ich heraus, dass sie sich irgendwie auch mit einem anderen traf. Ich stellte sie zur Rede, dass ich sie verdächtigen würde, heimliche Dates mit einem anderen zu haben.

Da gestand sie mir, dass sie gerade die Tanzschule besuchte, mit einem anderen, gleichaltrigen Typ, den sie aber nicht lieben würde wie mich. Ich solle unbesorgt sein. Ich wäre viel cooler als der Softie, mit dem sie den Tanzkurs machte.

Das sagte sie mir ins Gesicht und schraubte währenddessen an meinem Penis herum, um mich zum Sex zu verführen und um mich wegen meiner scheinbaren Eifersucht zu beruhigen und mich sexuell zu befriedigen.

Sie war wirklich total verliebt in mich und dachte, es wäre doch ein toller Liebesbeweis für mich. Ich aber hatte gar nicht gewusst, dass sie parallel zu ihrem Tanzkurs mit mir rumvögelte und einen Tanzpartner hatte, den sie gerade genau so verarschte, wie ich damals von Angelika und Bärbel verarscht worden war.

Noch während sie an mir rumfummelte verging mir die Lust auf Gabi und ich machte Schluss mit ihr, ohne ihr meine eigene schändliche Geschichte aus meiner Tanzstundenzeit zu erzählen. Ich sagte einfach, dass ich ihr nicht glaubte, dass da nichts zwischen ihr und ihrem Tanzpartner wäre und dass ich sie deshalb nicht mehr lieben könne.

Sie heulte bittere Tränen und verstand nicht, warum ich sie nicht mehr liebte, der Tanzpartner wäre doch wirklich keine Konkurrenz für mich und sie würde absolut nichts für ihn empfinden. Aber je mehr sie mir solche Sachen sagte, desto mehr tat mir der Typ leid, den ich gar nicht kannte und umso mehr kotzte sie mich an und umso mehr flennte Gabi.

Ich sagte nur die 4 Worte: „Es tut mir leid".

Und schmiss sie aus dem Bett und meinem Leben.

Nur Sex tut nur gut

H wie Hanna

Gabi und Fiona waren mal wieder der Beweis gewesen, dass Liebe weh tut. Nach der Liebe folgte Liebeskummer. Immer wenn ich verliebt war, hatte ich am Schluss Liebeskummer, immer wenn ich nicht, aber das Mädchen in mich verliebt war, dann hatte sie am Ende den Liebeskummer.

Wo kriegt man am schnellsten unkomplizierten Sex ohne dass man auf Liebe machen muss? Sex ohne Liebeskummer? Wie mit Eva, dem One-Night-Stand?

Na klar, im Urlaub. Am Ballermann auf Mallorca, auf Ibiza, in Benidorm und Lloret de Mar in Spanien oder In Rimini, Italien. Da tobt der Bär und es geht den ganzen Sommer so ab wie zu Fasching in Deutschland.

Hanna war mit ihrer Freundin dort und ich mit einem Kumpel. Als wir uns kennen lernten und gleich in der Disco rumknutschten, da wurden wir geil. Aber wir konnten nicht aufs Zimmer, weil die Zimmer schon belegt waren. Ihre Freundin war gerade mit einem Typ losgezogen, mit dem sie auf dem Zimmer vögelte und mein Zimmer war auch schon belegt, weil da mein Kumpel gerade bumste, mit einer Hübschen, die er Vortags aufgerissen hatte.

Also ging ich mit Hanna zur Rezeption unseres Hotels und sagte zum Nachtportier, dass ich ein Zimmer wollte. Der Portier drehte sich zum Schlüsselbrett um und wollte mir meinen Zimmerschlüssel geben, aber der war gar nicht am Brett.

Er sagte: „Ihr Kollege ist schon auf dem Zimmer."

„Ja, das weiß ich, deshalb brauche ich ein NEUES Zimmer, einen anderen Schlüssel. Ich möchte bitte ein Doppelzimmer für eine Nacht buchen. Jetzt. Für uns."

Dann griff ich nach Hannas Hand und schaute sie dabei an und hatte ein bisschen Angst, dass sie mir vor lauter Peinlichkeit davonlaufen würde.

Der Nachtportier schaute auf Hanna und erkannte, dass sie auch Hotelgast in diesem Hotel war und erinnerte sich wohl, dass Hannas Freundin gerade mit einem anderen Typ auf ihr Zimmer gegangen war.

„Ah, verstehe," sagte der Portier grinsend und schob mir das Anmeldeformular rüber, das ich brav ausfüllte. Dann zahlte ich Cash im Voraus und ging mit Hanna aufs Zimmer, wo wir über die Situation erst mal laut lachten und dann fantastischen Sex hatten.

Hanna startete mit einem Blowjob beim Duschen im Badezimmer, ich vögelte sie auf dem Tisch im Zimmer und schließlich landeten wir natürlich im riesigen Doppelbett. Wir trieben es in allen Stellungen, die man kennt und variierten sie noch.

Doggy im Stehen, im Löffelchen, Reiter von vorne, sie umgekehrt aufsitzend und dazwischen diverse Missionarsstellungen von allen Seiten und Richtungen.

Hanna hatte einen ziemlich großen Busen an dem ich zwischendurch immer wieder nuckelte, wenn es die Stellungen zuließen, zum Beispiel wenn sie auf mir ritt. Mit Hanna hatte ich meinen ersten geilen Tittenfick und spritze ihr zum Höhepunkt eine gewaltige Ladung Sperma über ihre tollen Brüste.

Auf den Busen zu spritzen ist meiner Meinung die beste Art der Körperbesamung. Die kann nur noch getoppt werden durch eine Gesichtsbesamung in ein bildschönes Mädchengesicht nach einem ausgiebigen Blowjob.

Spätestens nach dieser fantastischen Nummer mit Hanna war mir eines für immer klar: Um guten Sex miteinander zu haben, braucht man wirklich keine Liebe. Die Liebe würde nur stören. So einen versauten Sex wie den mit Hanna hatte ich nie zuvor einem Mädchen zugetraut, das mich innig liebte und die mich für einen anständigen Mann hielt, der sie auch lieben würde. Nach Hanna und den anderen Mädchen, die ich bumste ohne sie zu lieben, war klar: Liebe und Respekt hemmt den hemmungslosen Sex.

Je mehr Liebe im Spiel war, desto kuscheliger und romantischer war der Sex. Je weniger Liebe, desto mehr versauter, geiler, tabuloser Sex.

Und das Beste: Keine Liebe, kein Liebeskummer. Nur Sex tut nur gut. Sex pur. Ohne Liebeszusatz.

Am Besten ist es, wenn beide sich nicht verlieben, und nur scharfen Sex miteinander haben wollen. Dann haben beide keinen Liebeskummer hinterher und beide haben nur Spaß, Freude, Geilheit und einen Orgasmus miteinander gehabt. Gibt's was Schöneres?

H wie Helen

Wieder eine Faschingsparty. Alle lustig, beschwipst und fröhlich unterwegs. Beste Chancen, jemanden zu treffen, der nur Spaß haben will ohne sich zu verlieben. Bis Aschermittwoch sind sie verloren und an Aschermittwoch ist alles vorbei. Die Spielregel kennt jeder, der Fasching mitmacht.

Ich hatte ein Piratenkostüm an, mit einer Augenklappe.

Da sah ich ein junges Mädchen, die hatte lange, schwarze Haare und ein Rokoko Kostüm an, ein weites Kleid. Man konnte ihre Beine nicht sehen, aber dafür ziemlich viel von ihrem Busen, denn das Kleid hatte einen großen Ausschnitt. Mehr musste ich nicht von ihr sehen, bin schließlich Busenfetischist.

Der Witz war, dass ich auch nicht viel mehr sehen konnte, denn sie trug passend zum Kostüm auch eine Rokoko-Maske, die ihre Augen und die Nase verdeckten. Nur die untere Hälfte ihres Gesichts war zu sehen, der Mund war frei.

Durch die Maske hatte sie etwas Geheimnisvolles und durch ihren Busen etwas Reizendes. Grund genug für mich, sie anzumachen und mit ihr zu flirten.

Ihre Maske war ein toller Aufhänger, sie anzusprechen.

„Hallo, geheimnisvolle Dame!"

„Oh, ein Pirat! Sie hier und nicht auf Ihrer Galeone?"

„Nein, Gnädigste, ich steche nie in See, bevor ich nicht eine Dame überzeugen konnte, mit mir auf die Reise übers Meer zu gehen. Wollen Sie anheuern?"

„Man sagt, eine Seefahrt die ist lustig. Es wäre eine Überlegung wert!"

„Ich biete Ihnen eine Reise ans andere Ende der Welt!"

„Bis hinter den Horizont?" fragte sie weiter.

„Keine Angst, Gnädige, ich kann Ihnen versichern, dass die Welt rund ist und wir nicht über eine Kante ins Nichts fallen werden."

„Hinterm Horizont geht's weiter?"

„Soweit wie Sie wollen!"

„Und wenn ich zurück will?"

„Dann sagen Sie ‚stopp' und ich drehe um, und wir fahren nach Hause. Es kann ihnen nichts passieren, was Sie nicht wollen."

Dann nahm ich sie in den Arm und schaute durch die Maske in ihre Augen und kam ihr immer näher, wie beim Anfang zu einem Kuss und flüsterte, meine eben gesagten Worte wiederholend:

„Wir segeln los! Der Horizont kommt näher. Wenn du zurückwillst, sagst du ‚stopp' und ich drehe um und wir fahren nach Hause. Es kann dir nichts passieren, was du nicht willst."

Sie sagte kein Wort. Sie ließ sich küssen. Unsere Küsse wurden immer leidenschaftlicher.

Ich wurde geil auf sie, obwohl ich gar nicht wusste, wie sie aussah.

„Könntest du die Maske abnehmen, sie stört ein bisschen beim Küssen!"

„Nein," sagte sie frech, „Demaskierung ist erst um Mitternacht und wir sind auch noch nicht am Horizont."

„Na gut, dann behalt ich meine Augenklappe auch auf und du siehst auch nur die Hälfte von mir. Die Reise geht weiter!"

Wir lachten, scherzten, tanzten, knutschten und um Mitternacht verzogen wir uns in ein stilleres Eckchen, ein bisschen abseits vom Getümmel. Ich nahm sie in den Arm, küsste sie wieder leidenschaftlich und sagte zu ihr:

„Wir sind am Horizont angekommen, sag stopp, wenn jetzt etwas geschieht, was du nicht willst."

Dann griff ich ihr an den Busen. Streichelte und knetete ihn, während ich sie wieder küsste.

Sie sagte nicht Stopp. Sondern plötzlich ich. Nämlich als sie an meinen Schwanz griff. Da sagte ich:

„Stopp. Es passiert etwas, das will ich zwar, aber nicht hier. Ich will alles erleben mit dir, aber nicht als Quicky in dieser Ecke der Welt. Ich will noch ans Ende der Welt. Wir können uns jetzt auf den zweiten Teil der Reise begeben. Wenn du nicht umkehren willst. Hinterm Horizont geht's weiter! Natürlich nur, wenn du willst."

„Ich fahr mit dir bis ans Ende der Welt!", hauchte sie.

„Okay, wir fahren. Zu mir, oder zu dir?"

Sie lachte und entschied sich für:

„Zu dir. Aber damit du nicht die Katze im Sack kriegst, kommt jetzt die Demaskierung."

Ich konnte sie gerade noch stoppen, die Maske abzunehmen. Ich war so geil auf sie, ich hatte jetzt keinen Bock auf eine negative Überraschung. Mir war egal, ob sie ohne Maske hübsch oder hässlich aussehen würde. Männer sind so. Ein toller Busen genügt uns als Auswahlkriterium. Und mir sowieso.

„Stopp!", sagte ich. „Wir verschieben die Demaskierung bis zum Ende der ganzen Reise. Du bist und bleibst meine geheimnisvolle Frau. Ich möchte erst noch deine anderen Geheimnisse kennen lernen und ganz zum Schluss lüftest du das letzte Geheimnis, deine Maske. Bitte."

„Deine Bitte sei dir gewährt", sagte sie im Rokoko-Tonfall und fuhr im Normalton fort: „Aber deine blöde Augenklappe nimmst du bitte beim Sex ab!"

Das nächste Reiseziel war also meine Bude, wir waren bei mir zu Hause angekommen. Jetzt entkleideten wir uns im Stehen, küssend und fummelnd. Das Kleid durfte ich ihr über ihren Kopf ziehen und sie passte dabei auf, dass ihre Maske nicht verrutschte.

Als wir beide entblößt voreinander standen und uns in den Arm nahmen und unsere nackten Körper spürten und wir uns streichelten und die Glut unserer Lust schon brodelte, da hielt ich noch einmal kurz inne und sagte:

„Alles erlaubt. Bis einer Stopp sagt, dann wenden wir das Schiff in eine andere Richtung. Aber umkehren gibt's jetzt nicht mehr, einverstanden?"

„Ay Ay, Kapitän!", sagte sie und wir stürzten uns aufeinander und fielen gegenseitig über uns her.

Beim Sex schrie hin und wieder mal ich, oder sie ein „Stopp!" und dann wechselten wir die Stellung. Sie musste dabei ständig aufpassen, dass sie die Maske nicht verlor.

Ich schrie immer „Stopp" wenn ich kurz vorm Orgasmus war und verhinderte dadurch, dass meine Geilheit im Höhepunkt endete.

So zog ich die Reise in eine unbestimmte Länge und wir wechselten die Stellungen in immer wieder neue Positionen und Lagen und wenn uns keine neue Stellung mehr einfiel, dann wiederholten wir eben die vorherigen.

Plötzlich schrie sie „Stopp! Wie heißt du überhaupt!"

Ich sagte: „Siggi", und wechselte die Stellung und vögelte sie von hinten, in der Hündchenstellung.

Da schrie sie: „Stopp! Aber nicht in den Arsch!"

Ich lachte und bumste sie weiter im „Doggy", bis ich kurz vorm Orgasmus war, da schrie ich:

„Stopp! Und wie heißt Du?"

„Helen. Welche Stellung?"

„Du oben."

Dann ritt Helen mich solange, bis ich „Stopp!" rief, damit ich meinen Orgasmus noch einmal herauszögern und wieder die Stellung wechseln konnte.

Mitten in einer spießigen aber heftigen Missionarsstellung schrie Helen plötzlich:

„Stopp! Meine Maske rutscht!"

Wir lachten, sie korrigierte die Maske und wir wechselten in die 69er Stellung, in der sie meinen Schwanz blies und ich ihre Möse leckte. Sie blies so geil, dass ich fast gekommen wäre, wenn es mir nicht gelungen wäre, noch ein lautes „Stopp!" zu rufen, ihre Muschi an meinem Mund.

„Ich will aber keinen Stopp jetzt!", beschwerte sich Helen. „Ich will, dass du damit weitermachst!"

„Aber ich brauch jetzt sofort einen Stopp, sonst kriegst du ne volle Ladung in den Mund!"

Sie hörte sofort mit dem Blasen auf und legte sich auf den Rücken und spreizte weit ihre Beine.

„Noch mal lecken bitte, Kapitän, aber ohne Stopp, bis ich am Ende der Welt angekommen bin!"

Wir hatten schon über eine Stunde Sex miteinender gehabt und waren beide kurz vorm Höhepunkt und ich konnte ihn kaum noch zurückhalten und Helen wollte ihren jetzt haben.

Jetzt lag ich vor ihren gespreizten Beinen und hatte ihre vor Geilheit geschwollenen, roten Schamlippen vor mir. Ich zog sie mit den Fingern leicht auseinander und sah ihren kleinen, aber erregten Kitzler.

Behutsam berührte ich ihn mit meiner Zunge und leckte darüber.

„Ja, weiter!", hörte ich Helen und ich machte weiter und ich hörte kein Stopp mehr von ihr, sondern nur noch „ja, ja, weiter, weiter!" und dann nur noch „Ja! Jahh!" und Stöhnen.

Meine Zunge leckte und kreiselte ohne Stopp um ihren Kitzler und sie stöhnte immer schneller und lauter. Dann saugte ich ihren kleinen Kitzler in meinen Mund, als wäre es ihr Brustnippel.

Helens Unterleib wurde immer unruhiger, sie begann sich zu winden und es wurde immer schwieriger für mich, den kleinen Kitzler mit meiner Zunge zu bearbeiten.

Also presste ich meinen Mund noch fester auf ihre rasierte Möse und saugte wie ich es bei Elli beim Küssen gelernt hatte, saugte und lutschte.

Helens Stöhnen wurde noch lauter, es war wie ein Heulen und Wimmern vor Qual und Lust zugleich. Dann ertönte ein ohrenbetäubender, langgezogener Schrei, der nicht mehr endete. Gleichzeitig bäumte sie ihr Becken auf, dass ich nicht mehr weiter lutschen konnte. Helen schrie noch immer, stemmte ihr Becken immer höher und höher und ich lag unten und sah nach oben und staunte, weil sie sich während ihres Orgasmus so hoch aufbäumte und krabbelte instinktiv ein bisschen nach hinten.

Plötzlich schoss ein kräftiger Strahl Pisse aus ihrer Muschi, schoss in hohem Bogen knapp über meinen Kopf hinweg und landete kochend heiß auf meinem Rücken. Da senkte sich ihr Becken kurz, um sich gleich wieder aufzubäumen und eine zweiter, noch größerer Strahl ihres heißen Urins schoss aus ihrer Möse. Sie schrie dabei noch immer und hatte ihren Orgasmus und spritzte den Urin aus sich raus, so wie ein Mann Sperma ejakulierte! Ja, genau so! Es folgten noch drei weitere, kleinere Urinstöße und die letzten beiden war nicht mehr kräftig genug, um über meinen Kopf hinauszuschießen und ich kriegte einen Strahl voll ins Gesicht.

Helens Urin brannte sofort in meinen Augen und ich schnappte im Liegen das nahe gelegene Kopfkissen und wischte mir mit dem Kissen das Gesicht ab, wie wenn das Kissen ein Taschentuch wäre, bis mein Gesicht wieder ganz trocken war.

Helens Orgasmus war inzwischen verebbt. Der Lustschrei war verstummt und jetzt schluchzte sie vor lauter Scham. Ich krabbelte aus meiner Bauch-liege-Position nach oben zu ihr. Die Rokoko-Maske war sehr verrutscht und sie hatte beide Hände vor ihre Augen geschlagen und sie versteckte ihr Gesicht unter ihren Händen und weinte und schluchzte und wollte sich vor mir verstecken.

Ich legte mich neben sie und streichelte ihr über die schwarzen Haare und flüsterte „Alles ist Gut, das Schiff hat den Orkan überstanden."

Helen öffnete ein bisschen die Finger und lugte hinter ihren Händen, zwischen ihren Fingern hervor und sah mich aus ihren leicht verheulten Augen an. Sie erkannte, dass ich sie anlächelte und kein von ihrem Urin nasses Gesicht hatte und ihr Schluchzen verstummte langsam.

„War's schlimm für dich?", fragte sie schüchtern und zeigte mir noch immer nicht ihr Gesicht.

„Nein, geil. Ich hab so was noch nie erlebt."

Helen schluchzte kurz und gestand mir:

„Ich hab immer Angst davor, dass es passiert. Aber es passiert mir manchmal, wenn ich einen Orgasmus habe. Aber nie mit einem Mann, nur beim Selbstbefriedigen, wenn ich einen besonders guten habe."

„Dann bin ich aber froh, dass du jetzt einen besonders guten gehabt hast," tröstete ich sie.

Sie lächelte, aber versteckte noch immer ihr Gesicht hinter ihren Händen. Nur die Nasenspitze lugte ein bisschen zwischen ihren Fingern heraus.

„Demaskierung bitte!", sagte ich.

„Nein, die Maske bleibt auf. Ich bin hässlich", sagte sie trotzig.

„Das entscheide ich, ob ich dich hässlich finde oder nicht."

„Du wirst mir garantiert nicht die Wahrheit sagen!", schluchzte sie und rückte ihre verrutschte Maske wieder so, dass ich auch garantiert nichts von ihrem Gesicht sehen konnte.

„Wenn ich dein Gesicht hübsch finde, darf ich dann draufspritzen?", fragte ich sie.

„Was willst du?"

„Na ja, mein Sperma beim Orgasmus in dein Gesicht spritzen. Das nennt man Bukkake. Hast du das noch nie erlebt?"

„Nein. Noch nie. Das wollte noch keiner. Wahrscheinlich, weil ich hässlich bin." Sie war wieder traurig.

„Ich hab dein Gespritze auch noch nie erlebt. Du hast mir dabei ins Gesicht gespritzt. Jetzt darf ich das auch", sagte ich fordernd.

„Bist du denn noch geil?", fragte sie zweifelnd.

„Klar, ich bin ja noch nicht gekommen. Auf unserer Reise bist nur du schon angekommen."

„Hmm. Die Abmachung war, dass die Demaskierung erst nach der Reise ist. Gib mir bitte die Maske, ich setz sie wieder auf, und dann darfst du mir auf die Maske spritzen. Okay?" schlug sie vor.

„Meinetwegen. Aber nur, weil es die Abmachung war. Ich will jetzt nämlich endlich wirklich dein Gesicht sehen."

„Erst nach deinem Orgasmus!" bestand sie drauf und setzte sich aufrecht.

„Das Bett ist ja ganz nass wegen mir!"

„Na ja, ein bisschen feucht", beschwichtigte ich sie und ergänzte: „Könntest du mir bitte den Rücken mit dem Kopfkissen abtrocknen? Der ist noch n bisschen feucht."

Sie nahm das Kopfkissen, das auf der einen Seite feucht und auf der anderen Seite noch trocken war und rubbelte mir damit den Rücken ab.

„Igitt, willst du nicht erst duschen? So eine Sauerei wie mit dir habe ich noch nie erlebt.", sagte sie.

„Ich auch nicht, aber wenn's nicht gleich noch schlimmer wird, sag ich „stopp" und schick dich nach Haus, ohne Demaskierung", drohte ich im Scherz und sie fragte:

„Wie geht das jetzt genau, mit ins Gesicht spritzen?"

„Am liebsten wäre es mir, wenn du mir einen bläst und kurz bevor es mir kommt ziehe ich ihn raus."

„Ja, lieber ins Gesicht, als in den Mund spritzen.", sagte sie und legte sich auf den Rücken.

Ich stieg über sie, war auf den Knien, damit ich nicht mit meinem Gewicht auf ihr saß. Sie nahm meinen Schwanz in die Hand, wichste ihn ein bisschen, damit er wieder härter wurde, dann nahm sie ihn in den Mund und lutschte und saugte daran.

Sie hatte meinen Schwengel in die Hand, wichste und schob ihren Kopf immer vor und zog ihn wieder zurück, dass der Schwanz immer quasi rein und raus ging, wie beim Bumsen der Muschi, aber natürlich war er nicht ganz draußen, sondern immer drin in ihrem Mund. Der war feucht und warm und es war geil, sie in den Mund zu vögeln.

Das Blasen ist schon deshalb was besonders Geiles, weil die Lippen des Mundes von der Frau absichtlich bewegt werden können, im Gegensatz zu ihren Schamlippen, die sie nicht öffnen und schließen kann. Auch trifft der Schwanz des Mannes im Inneren der Muschi nicht auf eine muskulöse Zunge, die sich bewegen kann.

Helen setzte ihre Lippen und ihre Zunge perfekt ein. Die Lippen umschlossen kräftig meinen Penis, so dass es sich anfühlte, als würde ich eine ganz enge Muschi vögeln. In ihrem Mund traf mein Schwanz natürlich auf ihre Zunge. Mit dieser leckte sie den Kopf meines Penis und umkreiselte ihn. Ein Gefühl, das mich natürlich immer geiler machte.

Ich schaute nach unten, und genoss den Anblick wie mein Schwanz immer in ihren schönen Mund stieß, umschlossen von ihren festen Lippen. Aber mich störte, dass ihre Hand meinen Schaft wichste. Das lenkte von dem schönen Gefühl ab, das mir ihre Zunge im Mund bereitete.

Ich wollte, dass sie ohne die Hand zu benutzen weitermacht und sagte leise: „Stopp. Ohne Hand weitermachen."

Sie schaute mich durch die Augenöffnungen in ihrer Maske an, nickte zum Zeichen dass sie verstanden hatte, ein bisschen mit ihrem Kopf. So gut es eben geht, mit einem Penis im Mund. Dann umklammerte sie mit ihren Händen meine Arschbacken und unterstützte das Vor und Zurück, mit dem mein Schwanz in ihren Mund stieß. Ahh, war das herrlich und ich wurde immer geiler und geiler.

Ich sah wieder nach unten, auf ihren Mund und es war ein schöner Anblick. Er wäre noch schöner gewesen, wenn ich in die Augen eines schönen Gesichts sehen könnte, aber da war nur ihr schöner Mund und leider die Maske. Also konzentrierte ich mich wieder auf das tolle Gefühl, das sie mir durchs Blasen verschaffte.

Ich nahm jetzt meinen Penisschaft selbst in die Hand, zog die Vorhaut richtig weit zurück und steuerte selbst ein bisschen das Blasen: Ich zog meinen Schwanz fast ganz raus aus ihrem Mund, so dass meine Eichel nur halb drin war und ich sah ihre Lippen um meine Eichel.

„Lass mich deine Zunge sehen," sagte ich und sie öffnete ihre Lippen und ich sah ihre Zunge, wie sie um meine Eichel kreiselte. Die war groß und dick angeschwollen vor lauter Geilheit und ihre Zunge leckte um sie herum, wie an einer Kugel auf einem Lutscher. Dann führte ich meinen Lutscher wieder ganz in ihren Mund und genoss, dass ich wieder ganz von der warmen Feuchtigkeit umschlossen war. Dann zog ich ihn wieder raus, damit ich die Zunge wieder an meiner Eichel sehen konnte und genoss das Gefühl, das sie mir damit bereitete. Ich drückte meinen Schwanz fest gegen ihre aus dem Mund gestreckte Zunge, damit der Druck auf meine Eichel stärker wurde und im gleichen Masse steigerte sich meine Geilheit noch mehr.

Das schönste wäre ja, wenn ich jetzt den Orgasmus bekommen würde und den Schwanz noch einmal in ihren warmen, feuchten Mund stoßen könnte, damit sie in ihrem Mund das Sperma aus mir heraussaugen könnte, aber das war ja nicht abgemacht, ich wusste, sie wollte kein Sperma im Mund.

Ich war kurz vorm Kommen. In immer kürzer werdenden Abständen führte ich meinen Schwanz, den ich mit meiner Hand steuerte, in ihren Mund hinein und wieder hinaus. Ich zog ihn ganz aus ihrem Mund, aber nur, um ihn dazu zu verwenden, ihn über ihre Lippen zu ziehen und gleich wieder hineinzustoßen und wieder heraus, damit ich ihre Zunge an meinem Mund sehen konnte und wieder hinein, um die Hitze ihres Mundes zu spüren und wieder heraus, um ihn auf ihre Lippen zu klatschen und wider hinein, um die Feuchtigkeit zu spüren.

Sie merkte, dass ich immer geiler wurde und krallte ihre Hände immer fester in meine Pobacken und ich stieß meinen Schwanz wieder in ihren Mund und zog ihn wieder heraus und wieder hinein.

Da sah ich plötzlich, dass ihre Maske derart verrutscht war, dass ich ihre Nase sehen konnte. Sie war groß und gebogen wie die einer Griechin, aber nicht hässlich!

Ich erschrak trotzdem und ich spürte, wie mein Schwanz explodieren wollte. Ich zog ihn ganz aus ihrem Munde und schoss meinen ersten Sperma-Strahl auf ihre Oberlippen und neben die Nase. Der zweite, noch stärkere Strahl schoss über ihr Gesicht hinaus, auf die Maske und in ihr Haar.

Ich war ganz von Sinnen, riss ihr die Maske vom Gesicht und spritzte ihr die nächste Sperma-Ladung mitten ins Gesicht, über die große, griechische Nase, auf ihre Augenlider. Die Augen hatte sie natürlich vor Schreck ganz schnell zusammengekniffen, als ich ihr die Maske runtergerissen und weil sie wusste, dass ich sie gerade mit meinem Sperma beschoss.

Nach dem Volltreffer auf ihr geschlossenes Auge drehte sie vor Schreck ruckartig den Kopf zur Seite und ich sah ihre griechische Nase im Profil und da war mir klar, dass sie nicht Helen hieß, sondern dass sie Helena war, die Tochter des griechischen

Gottes Zeus, wegen der der trojanische Krieg ausgebrochen war, wegen ihrer Schönheit Bei dieser geilen Vorstellung durchzuckte der nächste Orgasmus meine Prostata und pumpte eine weitere, große Ladung meines Saftes heraus und der lange Sperma-Strahl klatschte ihr auf Wange, Ohr und Haare.

Instinktiv warf meine griechische Göttin wieder ihren Kopf herum, jetzt in die andere Richtung und inzwischen hatte sie die Hände von meinem Arsch genommen und wollte sie über ihr Gesicht schlagen und sich entweder vorm Sperma-Regen schützen, oder ihr Gesicht vor mir verstecken.

Aber mein nächster Sperma-Schuss war schneller und erwischte noch ihre andere Wange, streifte knapp vorbei an ihrem geschlossenen Auge und landete in den Haaren und an ihrer Schläfe, kurz bevor sie die Hände über ihre Augen und über mein Sperma legen konnte. Es waren Bruchteile von Sekunden zwischen meinen Ejakulationen, und mein Orgasmus war so heftig, dass mein Penis noch ein mal Sperma ausspuckte und diese letzte, schwache Ladung landete auf ihrem Handrücken.

Ich wechselte erschöpft meine Position, stieg quasi ab, ich war ja über ihr gewesen. Kaum merkte sie, dass alles vorbei war, schrie meine Göttin „Du bist gemein!", und sprang auf und flitzte mit fast ganz zusammengekniffenen Augen, ins Badezimmer. Ein Wunder, dass sie sich nicht irgendwo gestoßen hatte, sie konnte ja kaum was sehen, durch ihr nur ab und zu aufblinzelndes eine Auge.

Ich stand sofort auf und rannte hinter ihr her. Zeus' Tochter stand schon vorm Waschbecken aber hatte noch immer ihre Augen zusammengekniffen und traute sich nicht, ihre Augen zu öffnen, weil sie spürte, dass auf einem Augenlid Sperma klebte.

Blind tastete sie nach dem Wasserhahn, fand ihn und drehte das Wasser an. Ich riss Klopapier ab und reichte es ihr. Sie feuchtete das Klopapier an und begann, vorsichtig ihre Augenlider zu reinigen. Die Lippen hatte sie fest zusammengepresst, damit ihr das Sperma nicht von der Oberlippe in den Mund laufen konnte.

Meine griechische Göttin sah so hilflos, versaut und vollgespritzt aus, es war ein herrlicher Anblick für einen Macho wie mich. Gleichzeitig rührte mich zu sehen, wie Helena wischend gegen mein Sperma kämpfte obwohl auch ihre Finger mit Sperma versudelt waren.

Ich riss noch mehr Klopapier ab, reichte es ihr wieder und riss noch mal Klopapier ab, feuchtete es an und half ihr, indem auch ich begann, mit dem Papier das Sperma von ihren Wangen und ihrer Oberlippe zu entfernen.

Kaum merkte Helena, dass sie den Mund wieder aufmachen konnte, ohne die Gefahr, dass Sperma hineinlaufen würde, begann sie zu schimpfen:

„Du bist gemein! Warum hast du mir die Maske abgenommen?"

Als Antwort nahm ich sie in den Arm, küsste sie kurz auf den Mund und sagte:

„Weil ich wusste, dass du schön bist unter der Maske und ich wollte dein schönes Gesicht sehen beim meinem Orgasmus."

„Du lügst! Ich habe eine große Nase und du konntest das wegen der Maske nicht sehen also hast du auch nicht wissen können, ob ich schön bin oder hässlich."

„Aber ich habe es geahnt und deine Nase hatte ich schon vorher gesehen, weil die Maske ab und zu beim Sex verrutscht ist. Und noch was muss ich dir sagen: Du bist nicht Helen mit einer großen Nase, sondern du bist für mich die Helena, die schöne Tochter vom griechischen Gott Zeus."

„Das sagst du nur als Kompliment um mich zu beruhigen. Ich hab ne große Nase und kann mir keine Schönheitsoperation leisten."

„Es ist gerade deine große Nase, die dir eine extravagante Schönheit verleiht. Dein Aussehen hebt dich ab von den Stupsnasen tragenden anderen Mädchen."

„Das sagt mein Vater auch immer, aber ich glaube es ihm nicht."

„Du kannst ihm ruhig glauben. Ich meine das ja auch. Und ich bin nicht dein Vater, sondern ein junger Typ, der dich schön findet und geil auf dich ist."

„Du warst schon geil auf mich, als du mich nur in der Maske gesehen hast. Hättest du mich gleich mit der Nase gesehen, dann wärst du wohl nie geil auf mich geworden."

„Glaubst du mir immer noch nicht, dass ich dich schön finde? Ich sag's dir noch mal: Du bist die Helena, Tochter vom Zeus, und so schön, dass sie dich entführt haben und der Trojanische Krieg ausgebrochen ist. Und genau das hab ich mir vorgestellt, als ich den Orgasmus gehabt habe: Dass ich in das schöne Gesicht von Helena spritze. Als ich daran in meiner Fantasie gedacht habe, da war mein Orgasmus noch geiler."

„Wirklich? Dann hast du ja an eine andere gedacht während dem Sex mit mir!"

„Himmel, beim großen Zeus, verdammt noch mal!", fluchte ich. „Egal was man sagt, die Weiber drehen alles rum und verstehen es falsch! DU bist doch die Helena und ich habe mit DIR meinen Orgasmus gehabt! Mit DIR!", und in ruhigem Ton sagte ich:

„Es ist so schön, dein Gesicht. Danke, dass ich drauf spritzen durfte. Jetzt küss mich, Helena, meine griechische Göttin und verzeih mir, dass ich dich vollgesudelt habe."

Sie schaute mir prüfend und endlich ohne die Maske in die Augen, ob ich es auch wirklich ernst meinte und ich sah in ihr göttliches, griechisches Gesicht und sie schlang ihre Arme um mich.

Ich spürte ihre Hände auf meinen Rücken und dass sie noch immer mit Sperma verschmiert waren und wir küssten uns. Während dem Kuss nahm ich zärtlich ihren Kopf in meine Hände und als ich durch ihr Haar streichelte, landeten meine Finger in einer Sperma-Pfütze, die in ihrem Haar klebte.

Ich beendete den Kuss und sagte: „Stopp! Duschen!"

Sie lachte und hatte mir ganz verziehen.

Wir duschten, seiften uns gegenseitig ein, wuschen uns die Haare und sie erinnerte sich noch mal an alles und sagte: „Mann oh Mann, haben wir heute eine Sauerei gemacht."

„Sex ist nur schmutzig, wenn er richtig gemacht wird. Kennst du den Spruch? Das ist ein Zitat von Woody Allen", erklärte ich ihr.

„Dann habe ich heute wohl alles richtig gemacht?", fragte sie.

„Und ich hoffentlich auch!", protestierte ich.

„Hab ich noch Sperma im Haar?", fiel ihr ein.

Ich schaute genau hin und streichelte ihr über die nassen Haare: „Nein, alles sauber rausgewaschen."

„Na gut, wenn man alles mit einer Dusche wegkriegt, dann kann der Sex meinetwegen richtig schmutzig sein", stellte sie abschließend fest.

Zum Abschied sagte sie mir: „Ich bin übrigens wirklich Griechin und heiße wirklich Helena, aber ich sag immer Helen, damit die Männer nicht sofort wissen, dass ich Griechin bin, sonst haben sie doch Angst vor meinen Brüdern. Ich bin aber nur eine halbe Griechin, mein Vater ist Grieche, meine Mutter ist Deutsche, ich bin auch Deutsche und in Deutschland geboren und hab gerade Abi gemacht. Die Nase habe ich vom Vater geerbt und er hat immer Probleme damit, weil er weiß, dass ich meine Nase hasse."

„Ab sofort wirst du deine griechische Nase mit Stolz tragen und wenn dich die Jungs fragen wie du heißt, dann wirst du dich als Helena aus Troja, Tochter von Zeus vorstellen. Und wenn dann noch einer Probleme mit deiner Nase hat, dann ist er es nicht wert, dass er mit dir ins Bett darf. Und wenn du dich traust, es deinem Vater zu erzählen, dass du einen Mann kennen gelernt hast, der es geil fand, auf deine Nase zu spritzen, dann weiß er, dass du ihm verziehen hast, dass er dir diese göttliche Nase vererbt hat."

„Der wird mich umbringen, wenn ich ihm das erzähle,", lachte sie. „Übrigens können wir uns wegen meiner Familie nicht wieder sehen. Die würden es nicht zulassen, dass ich einen deutschen Freund habe, der mit mir schläft, obwohl ich nicht mit ihm verheiratet bin. Ich bin deshalb auf eine Faschingsparty gegangen, wo ich garantiert niemanden treffen würde, der mich kennt und zur Sicherheit hab ich mir noch die Maske aufgesetzt, damit niemand erzählen kann, dass er mich auf dieser Party gesehen hat."

„Das gibt's doch nicht! Da finde ich eine göttliche Traumfrau und sie verlässt mich gleich wieder?"

„Ja, muss ich. Es ist Fasching. Es ist vorüber. Ich danke dir für diese tolle Reise bis hinter den Horizont. Adieu, Kapitän!"

Helen, meine Helena, gab mir einen letzten Kuss und ließ mich in meiner mit Urin und Sperma versauten Wohnung alleine zurück.

Es tat ein bisschen weh, dass sie ging und wir diesen richtig guten schmutzigen Sex nicht öfter wiederholen konnten. Es war so fantastisch gewesen, Super Sex mit einer Südländerin und das auch noch mit drei besonderen Kicks. Die Maske, ihr Squirting und die Bukkake ins Gesicht.

Immer, wenn ich mich daran erinnerte, zerriss es mir das Herz. Sie hatte den ersten Orgasmus mit Squirting mit einem Mann gehabt, mit mir! Aber sie hat mich nach dieser fantastischen Sex-Nacht verlassen.

Ich weiß nicht, ob ich mich in Helena oder ihren Sex verliebt hatte, aber es tut mir immer ein bisschen in der Seele weh, wenn ich an Helena denke.

Kann man sich in ein Mädchen verlieben, nur weil sie guten Sex macht? Ich hoffe, dass es nicht so ist. Mädchen könnten einem Mann dann ja mit gutem Sex die Macho-Seele rauben.

I wie Isabel

Dieses Kapitel fehlt in der Neuauflage von 2018. Die Story ist so lang und gut, dass daraus ein eigenes Booklet gemacht wurde. Durch die Kürzung hier wurde die Seitenzahl verringert und dieses Buch ist jetzt preisgünstiger im Angebot als in 2012.

Ehe, errare humanum est.

J wie Julia

War ich vorher schon cool gewesen, so war ich es nach Ingrid noch mehr. Ich war so cool, ich konnte fast jede Frau verführen. Im Grunde eigentlich jede, die nicht gerade in einen anderen Mann verliebt war. Es gibt dieses Lied: „Sie liebt den Deejay", es handelt von der Tussi, die den ganzen Abend in der Disco ist und den Deejay anhimmelt.

Also wenn eine Frau abgöttisch in einen Typ verknallt ist, dann hat niemand ne Chance bei ihr, außer dieser Typ. Man kriegt sie aber trotzdem rum. Allerdings muss man warten, bis sie nicht mehr in ihren Typ verliebt ist und gefühlsmäßig wieder „frei". Beispiel: Kann sein, dass sie ihren Traumtyp geheiratet hat, verheiratet ist, aber der Alltag und die Ehe-Streitereien haben ihre Liebe zu ihm erkalten lassen. Dann ist sie gefühlsmäßig wieder frei und dann kriegst du auch die Ehefrau rum, die damals nur Körbe verteilt hat, als sie noch verliebt war. Falls du noch Interesse an ihr hast, nach der langen Warterei.

Zurück zur Story. Ich war der Super-Hasenjäger und hatte im Schnitt jeden Monat ne andere im Bett. Dass es meist ausging wie bei Fiona, Gabi oder Ingrid ließ mich kalt. Das Jagen war spannend und kaum hatte ich eine sogenannte „Freundin" da fragte ich mich auch schon, wie spannend wohl das Ende sein würde, denn eines war sicher: Ich würde mich nicht verlieben und heiraten. Ich wollte für immer ein Schürzen-Jäger bleiben.

Inzwischen war ich bei Jagd auf meine möglichen Geschlechtspartnerinnen nie besonders wählerisch. Ich suchte nicht lange sondern entschied mich immer sofort für die Hübscheste, die ich sah.

Verschont von mir waren nur die, die durchschnittlich oder hässlich aussahen und die, die schon an der Seite eines Mannes standen. Ich hab doch keinen Bock auf Stress mit eifersüchtigen Typen.

Die Single-Frauen waren meist mit ihrer Freundin im Singlemarkt unterwegs und nicht mit einem Mann. Ob im Bistro oder der Disco. Die Beste war gerade gut genug, da musste ich nicht lange überlegen. Wenn da zwei Hasen am Tisch saßen und eine von den beiden war ne Traumfrau, dann setzte ich mich einfach dazu und begann ein Gespräch. Da es nie die doofen, abgedroschenen Blabla Sätze enthielt, die die meisten Anmacher benutzten, waren meine Chancen auf Jagderfolg ziemlich groß. Ich lernte die beiden Mädels ein bisschen kennen und konnte mich oft mit dem hübscheren Hasen zu einem Date mit mir alleine verabreden. Wenn sie beim dritten Date nicht in meinem Bett landete, rief ich sie nicht mehr an und ging statt dessen wieder auf die Pirsch und baggerte die nächste an. Ich könnte ein ganzes Buch mit Jagdgeschichten schreiben, es hätte wohl zwei ganze Alphabete von A bis Z als Inhaltsverzeichnis. Aber das heb ich mir auf, wenn ich mal Zeit habe, wie Casanova, der hat sein Buch auch erst als alter Knacker geschrieben, als ihm die Frauen die Zeit ließen, sich an sie zu erinnern. Ich hab da noch zu wenig Zeit, bin noch zu sehr mit den Frauen, der Jagd nach Sex und der Flucht vor Liebe beschäftigt.

Die Zeit meiner größten Jagderfolge hatte ich im Alter zwischen 23 und 28 Jahren. Die pubertären Ängste waren weg, die Erfahrung groß genug und das Alter stimmte auch. Die von mir angebaggerten Mädels waren zwischen 18 und 28 und mein Alter und mein Aussehen war nie ein Problem, außer das Mädchen stand auf blonde Milchbubis. Ich war eher der Typ dunkelhaariger Südfranzose oder Italiener.

Auf dem Höhepunkt meiner besten Zeit traf ich auf Julia und beging den Fehler sie zu heiraten. Dass es ein Fehler sein würde, weiß man ja vorher nie, sonst würde man ja nicht heiraten. Also die Julia-Geschichte war diese:

Ich war damals 28 und aus Zufall mal wieder in einer Tanzschule, weil ich mit der Geschäftsleitung der Tanzschule einen Werbevertrag gemacht hatte. Dazu sollte ich ein paar Fotos machen und einen PR Bericht über die Tanzschule schreiben.

Um die Bilder während einer Tanzparty in der Tanzschule zu machen, stellte ich mich aufs erhöhte Podest neben den Disc-Jockey und knipste Fotos von den Tanzenden. Die guckten natürlich alle hoch um zu sehen, wer da Fotos macht und redeten dann alle über mich. Die Kids in der Tanzschule waren übrigens zwischen 16 und 18 Jahre alt und es waren ein paar hübsche Mädels darunter.

Was habe ich gerade vorhin geschrieben? Die hübscheste Hübsche war diejenige, die mich ich im Rudel der Hasen am meisten interessierte und die Einzige, die ich jagen und erlegen wollte. Sie war 17 und schaute immer in meine Richtung. Seitdem liebe ich das Lied „17 Jahr, blondes Haar, so stand sie vor mir." Von Altmeister Udo Jürgens, der ja auch den Ruf hatte, dass er nur auf junge, hübsche Mädchen steht.

Die 17jährige schaute also immer wieder zu mir, in der Hoffnung, ich würde sie ansprechen. Damals, als ich noch in ihrem Alter und in der Tanzschule war, war ich schüchtern gewesen, Jetzt war ich es aber nicht mehr. Also hab ich die Hübsche angesprochen. Ich hab sie einfach gefragt, ob sie mit mir tanzen würde, wir wären ja in einer Tanzschule und ich würde mal gerne ein Tänzchen wagen. Sie solle aber bitte Rücksicht nehmen auf mich, denn ich war seit 10 Jahren nicht mehr in der Tanzschule gewesen und könnte bestimmt nicht so gut tanzen wie sie.

Sie hieß Julia, machte gerade eine Lehre als Bürokauffrau in einem großen Konzern. Ich fragte, ob sie mit zehn Fingern Schreibmaschine schreiben könnte und ob ich sie mal als Sekretärin buchen dürfte, ich hätte ab und zu mal was zum Tippen, das ich aufs Diktiergerät gesprochen hatte.

Später hat sie mir mal gestanden, dass sie sich schon beim ersten Tanz in mich verliebt hatte. Natürlich freute sie sich über den angebotenen Tipp-Job und deshalb tauschten wir auch Telefonnummern aus. Ich rief sie an und wir verabredeten uns zu einem unverbindlichen Gespräch in einem Café Bistro in der Mittagspause ihrer Firma.

Keine Ahnung mehr, was wir im Café so besprachen und was ich flirtete. Aber ich erinnere mich, dass ich zu der Zeit natürlich gerade eine andere Freundin hatte, die steckte mitten im Prüfungsstress ihres Unistudiums und hatte nicht jeden Tag Zeit mit mir zu vögeln. Diese Studentin kriegt hier nicht mal n Kapitel in diesem Buch, so spießig war die.

Ich erzählte Julia sogar, dass ich eine Freundin hatte, aber ihr wisst ja wie das ist: Man kann sich auch in jemanden verlieben, der bereits vergeben ist und die Liebe nicht erwidert. Julia war aufgeregt bei diesem ersten Date mit mir, wie nie zuvor in ihrem Leben.

Nach dem Date begleitete ich sie ein Stück des Weges zurück ins Büro. Sie kotzte auf die Strasse und ich hielt ihren Kopf und passte auf, dass sie sich ihre langen, blonden Haare nicht voll kotzte. Sie stammelte, dass es bestimmt von der Sahne im Kakao käme, den sie getrunken hatte, entschuldigte sich tausend mal, und ich musste sie beruhigen und ihr versichern, dass es mir nichts ausgemacht hatte und musste ihr versprechen, dass sie trotz ihrer Kotzerei nächste Woche zum Tippen kommen dürfte. Es war mal ein echt anderes Date als ich es gewohnt war. So unschuldig und peinlich zum Schluss.

Nächste Woche dann kam sie zum Tippen und Julia gestand mir ihre Liebe. Einfach so, mit Worten. Sie stammelte schüchtern, dass sie sich schon beim ersten Tanz in mich verliebt hatte und sie hatte sich nur wegen der Aufregung erbrochen und weil sie so glücklich und aufgeregt war, weil sie wusste, dass sie mich wiedertreffen würde. Es war rührend und sie tat mir leid, weil ich sie doch gar nicht liebte und sie so ehrlich zu mir war.

Ich erinnerte sie daran, dass ich ihr doch gesagt hatte, dass ich eine Freundin hätte.

„Das ist mir egal, dann bin ich eben deine zweite Freundin. Und wenn es mit der Anderen aus ist, dann bin ich deine Erste.", sagte sie.

Sie haute mich echt vom Hocker, die Kleine. Ich wartete noch eine Woche, bis Julia 18 und volljährig war, dann begannen wir miteinander zu vögeln. Sie war keine Jungfrau mehr. In der Hinsicht musste ich also keine Rücksicht nehmen und schon beim ersten Sex waren sämtliche Positionen dabei, die ich mit meiner Erfahrung als 10 Jahre älterer natürlich besser ausführen konnte, als der Schüler, den sie vor mir gehabt hatte.

Julia liebte mich abgöttisch, wie mich nie zuvor ein Mädchen geliebt hatte, obwohl ich eine Freundin hatte. Deshalb machte ich dann bei passender Gelegenheit mit der anderen Schluss. Sie könne sich dann mehr um ihr Studium kümmern und ich wäre ja doch nicht der richtige Mann für sie und würde sie auch nicht heiraten etc. etc. bla bla und brachte die Trennung ziemlich schmerzfrei über die Bühne. Die Studentin hatte gar nicht mitgekriegt, dass ich sie betrogen hatte, also hat sie auch nicht ihr Gesicht verloren. Ich machte mir keine Vorwürfe.

Julchen freute das, denn jetzt war sie meine Nummer Eins.

Eines Nachts, als ich nicht damit rechnete, klingelte es an der Tür meiner gemieteten Wohnung und als ich die Tür öffnete, da stand im Treppenhaus vor mir das Julchen, mit einem Köfferchen in der Hand und weinte bitterlich und sagte: „Ich muss bei dir wohnen."

Ich dachte, das wäre aber ein fieser Trick bei mir mit der Heulmasche einziehen zu wollen und ließ sie erst mal vor der Tür stehen und fragte was denn los sei und nahm mir insgeheim vor, sie dann zurückzuschicken und am nächsten Tag mit ihr Schluss zu machen.

Was war passiert. Julia hatte ihren Eltern von mir erzählt und einen riesigen Krach gekriegt, als die gehört hatten, dass ich 10 Jahre älter als ihre Tochter war und sogar schon mit ihr im Bett gewesen war. Der Streit mit ihren Eltern ist so schlimm geworden, dass die Eltern sie sogar geohrfeigt hatten und zu ihr gesagt hatten:

„Dann pack doch deinen Koffer und zieh zu ihm".

Julia hat die ganze Zeit geflennt und ein kleines Köfferchen gepackt, mit dem allernotwendigsten drin und ist zu Fuß weinend durch die Nacht bis zu mir gelaufen. Es waren glücklicherweise nur – aber immerhin - 30 Minuten Fußweg und die Straßen der Großstadt waren in den 80er Jahren nachts noch sicherer als heute.

Dass die Eltern sie ziehen ließen, hatte aber nur einen Hintergedanken: Die Mutter folgte ihr nämlich heimlich, um zu sehen, zu wem sie ging, um sie dann mit großem Getöse von mir wieder abzuholen.

Das Getöse ließ nicht lange auf sich warten. Julchen stand noch immer mit dem Köfferchen vor meiner Tür im Treppenhaus und war gerade dabei, mir schluchzend zu erzählen, dass sie sogar von ihren Eltern geschlagen worden war, weil sie gesagt hatte, dass sie mich liebt, da polterte plötzlich ihre Mutter die Treppe des Mehrparteien-Mietshauses herauf und kaum stand sie oben, neben ihrer Tochter, da schimpfte sie auf mich los.

Was mir einfallen würde, ein minderjähriges Mädchen zu entjungfern und ihre Tochter käme jetzt mit nach Hause und ich solle gefälligst die Hände von ihr lassen und drohte, ich solle mich nie wieder blicken lassen, sonst könnte ich was erleben.

Dann schnappte sie ihre Tochter am Arm und wollte mit ihr gehen.

Julia begann jetzt noch lauter zu heulen, riss sich von der Hand ihrer Mutter los und schmiss sich in ihrer Not an mich und klammerte sich ganz fest an mich, so dass es ihrer Mutter nicht möglich war, sie wegzuziehen.

Das ganze ging so schnell, ich hatte bisher keine Gelegenheit gehabt, was zu sagen, aber eines war mir klar: Mein Julchen liebte mich mehr als ihre Mutter und ihre Mutter war ein Arschloch, sie hatte mich und ihre eigene Tochter beschimpft und mir gedroht und das weckte meinen Kampfgeist und meinen Beschützerinstinkt.

Ich schnappte das Köfferchen von Julia, schmiss es nach hinten in meine Wohnung, dann riss ich die

Julia aus dem Griff ihrer Mutter und schob sie auch in meine Wohnung und schrie dabei die Mutter an:

„Die Julia ist volljährig und weiß im Gegensatz zu Ihnen, genau was sie tut, und die bleibt jetzt hier!"

„Ich werde Sie anzeigen!", schrie die Mutter, und in meine Wohnung gerichtet schrie sie:

„Julia, du kommst jetzt sofort mit, sonst komme ich mit der Polizei wieder und hole dich!"

Ich schrie zurück: „Ja, holen Sie die Polizei! Das erste was wir denen erzählen ist, dass Sie Ihre Tochter geschlagen haben und sie mitten in der Nacht vor die Tür gesetzt haben. Bei mir wird sie nämlich geliebt und nicht geschlagen wie bei Ihnen zu Hause und deshalb ist und bleibt sie hier!"

Darauf zog die Mutter wutschnaubend ab und ging das Treppenhaus schimpfend hinunter. Sie rief durchs Haus ich wäre ein Schwein, ihre Tochter wäre noch so jung usw usw. So laut, dass es bestimmt alle Nachbarn hörten aber keiner traute sich, die Tür aufzumachen.

Als ich sicher war, dass die Mutter endlich das Haus verlassen hatte, schloss ich meine Wohnungstür und setzte mich neben Julia aufs Bett und nahm sie tröstend in den Arm. Wir warteten auf die angekündigte Polizei, aber die kam glücklicherweise nicht.

Ab diesem Tag ist Julchen bei mir geblieben, ist nie mehr zurück zu ihren Eltern und wir lebten glücklich zusammen wie verheiratet.

Allerdings hatte ich als Macho stets die Hosen an, und ich machte das dem Julchen sofort am nächsten Tag begreiflich. Julia war stolz gewesen, das erste mal für mich Kochen zu dürfen. Ich hatte sie noch gewarnt und ihr empfohlen, doch lieber einen Heim-Service anzurufen und etwas in Papptellern zu bestellen, denn ich würde garantiert nicht beim Kochen oder Abspülen helfen. Sie fand aber Teller, Besteck, Kochtopf und Pfanne in meiner kaum benutzten Küche und freute sich, mir ihre hausfraulichen Koch-Qualitäten beweisen zu können und zum Abendessen stand dann der ganze Tisch voll mit Schalen, Schüsseln, Tellern, Besteck und Gläsern.

Ich half nach dem Essen sogar, einiges vom Geschirr in die Küche zu tragen, lobte ihre Kochkunst mit einem Kuss und machte es mir vorm Fernseher gemütlich, während sie alles abwusch und spülte. Plötzlich störte sie mich beim Fernsehen und rief mich zu sich in die Küche.

„Wenigstens beim Abtrocknen könntest du mir helfen", verlangte sie.

„Julia, ich hab dir doch gesagt, bestell lieber ne Pizza die ich mit Händen essen kann, weil ich Küchenarbeit hasse."

„Ja, aber mein Essen war doch besser, als so ne gebrachte Pizza, oder?"

„Das war es, Julchen, aber Essen vom Heimservice macht wenigstens hinterher keine Arbeit."

„Jetzt hab ich mir aber so ne Mühe gemacht und dir hat es doch auch geschmeckt. Also hilf mir wenigstens beim Abtrocknen."

„Na gut, Julchen. Was soll ich abtrocknen?"

„Hier, diese Teller, die Schüssel und die beiden Gläser. Das Besteck trockne ich ab."

Ich nahm einen Teller in die Hand, öffnete den Mülleimer und schmiss ihn hinein. Dann nahm ich auch den anderen Teller und schmiss ihn auch demonstrativ in den Müll. Dann sagte ich:

„So, die Teller sind erledigt. Soll ich auch die Gläser und die Schüssel abtrocknen?"

Julia schaute mich entsetzt an und ich schmiss auch die beiden Gläser in den Müll und sagte cool:

„Morgen kauf ich Pappteller und Pappbecher, das ist auf Dauer billiger."

Julia war kurz vorm Weinen. Ich nahm sie in den Arm und sagte tröstend:

„Julchen, ich bin 28 Jahre alt und bin nicht verhungert, obwohl ich noch nie im Leben groß gekocht und abgespült habe. Du kannst bei mir wohnen, aber ich will dich nicht als Köchin, die mir Arbeit macht, sondern als Frau, die mir Freude macht."

Da klammerte sie sich an mich und sagte mit Tränen in den Augen, dass sie mich liebt und sie versprach, dass sie mir nur Freude machen würde und ich auch nie mehr abtrocknen müsste, wenn sie für immer bei mir bleiben und für mich kochen dürfte.

Ich schloss sie fest in den Arm und sagte, dass sie bei mir bleiben dürfte. Wir lagen uns in den Armen und standen in der Küche und ich spürte ihre Liebe für mich. Ich hatte ihr noch nie gesagt dass ich sie liebe und ich sagte es auch jetzt nicht. Aber ich spürte, dass ich verdammt viel für sie empfand. Verdammt ganz viel. Und ich wusste, dass ich nie mehr eine Frau finden würde, die mich so liebte wie Julchen.

Wir nahmen eine größere Wohnung, ich kaufte eine Geschirrspülmaschine und nach drei Jahren machten wir sicherheitshalber einen Gütertrennungsvertrag, heirateten standesamtlich und kirchlich. Sogar ihre Eltern hatten sich mit mir vertragen und kamen zur Hochzeit, und wir setzten unser harmonisches Eheleben fort, jetzt sogar amtlich besiegelt. Auf Formularen musste ich jetzt immer „verheiratet" ankreuzen.

Den Kinderwunsch verschoben wir, Julchen war ja erst 21, ein Baby hatte noch Zeit. Wir hatten nie einen größeren Streit, auch nicht am Tag, als wir unsere Scheidung beschlossen. Es war eine einvernehmlichen Scheidung, ohne Stress, ohne Rosenkrieg, ohne Kinder, sieben Jahre nachdem wir uns kennen gelernt hatten. Die Scheidung vor dem Richter dauerte nur 5 Minuten. Der Richter schlug den Hammer auf den Tisch und erklärte uns für geschieden.

Anschließend schüttelten wir unserer Rechtsanwältin die Hände, dann gingen wir zusammen Kaffee trinken, in dem Lokal unserer ersten Verabredung, als Julchen damals auf Aufregung gekotzt hatte.

Als Julia sich daran erinnerte, weinte sie ein bisschen, und sagte: „Ist doch irgendwie grausam, wie sieben Jahre mit einem Hammerschlag vom Richter eiskalt beendet werden."

Ich nahm sie in den Arm, sie schluchzte noch ein bisschen, dann war sie wieder stark.

Sieben volle Jahre war ich dem Julchen treu gewesen und hatte nur Julia geliebt. Julia mittags, Julia abends, Julia nachts, Julia im Bett, Julia auf dem Fußboden, Julia auf der Toilette im Restaurant, Julia in der Umkleidekabine im Kaufhaus, Julia in der Fußgängerunterführung, Julia im Hauseingang, Julia in allen Stellungen, Julia in allen Positionen, Julia im Urlaub, Julia zu Hause, Julia vorm Fernseher, Julia im Badezimmer, Julia in der Küche. Julia von Montag bis Sonntag, Julia 24 Stunden täglich, Julia immerzu und Julia überall.

Es ist, wie wenn du jeden Tag deine Leibspeise isst und egal wie du sie würzt, es ist immer die selbe Julia, die alles mitmacht. Irgendwann ist es nicht mehr spannend. Es ist schade, dass der Alltag einem den Appetit verdirbt, bis man gar nicht mehr essen kann. Der Sex mit Julia war in den letzten 2 Jahren immer weniger geworden und zum Schluss fast ganz eingeschlafen und artete in eheliche Pflichtnummern für mich aus.

Dann hatte ich mit Julia darüber geredet und hatte mir von ihr gewünscht, dass wir eine offene Ehe weiterführen sollten, getrennt in Urlaub, oder gemeinsam in Swinger - Clubs, damit ich wieder Lust auf Sex kriegen würde.

Das wollte Julia nicht und sie sagte:

„Wenn du andere Frauen vögeln willst, dann müssen wir uns scheiden lassen, ich mach das aber nicht mit."

Bei unserer unkomplizierten Scheidung war Julia erst 25 Jahre alt, hatte keine Kinder. Sie war zum Schluss unserer Ehe von mir sexuell vernachlässigt worden und tobte sich gleich mal richtig aus, wie jede frisch geschiedene Frau. Bald fand sie einen anderen Mann, der sie scheinbar mehr liebte als ich. Julia heiratete noch einmal, ließ sich zwei mal schwängern und lebt heute als Mutter mit ihren Söhnen mit meinem Nachfolger zusammen und ist nicht besonders glücklich. Ihr Mann geht nämlich fremd, aber im Gegensatz zu mir tut er so, als ob er treu wäre, dabei hat er zu Hause auch schon die Lust verloren und schläft kaum noch mit Julia. Sie erzählte es mir am Telefon:

„Wenn ich heute noch mal entscheiden dürfte, dann würde ich dir die offene Ehe erlauben und bei dir bleiben. Du warst wenigstens ehrlich zu mir. Mein jetziger Mann belügt und betrügt mich."

„Dann lass dich doch wieder scheiden!"

„Nein, wegen der Kinder nicht."

„Dann betrüg du ihn doch auch!"

„Das kann ich irgendwie nicht."

Tja, was soll ich dazu sagen? In Deutschland wird jede dritte Ehe geschieden. Und wie sehen die bestehenden, sogenannten glücklichen Ehen aus? So wie die heile Ehe von Julia und ihrem neuen Ehemann oder ziemlich sexlos weil ohne Abwechslung.

Ehephänomen

Ich hab übrigens einen Kumpel an seine jetzige Ehefrau verloren, der erzählt mir ähnliches. Der Sex ist
nur noch Pflichtprogramm für ihn, aber er lässt sich
wegen der Kinder nicht von seiner Frau scheiden. Er
lebt lieber in einer funktionierenden, harmonischen
Partnerschaft und verzichtet eben auf guten, span-
nenden Sex. Ich wollte ihn mit Julia verkuppeln und
fragte ihn, warum er nicht wenigstens ab und zu mal
fremd gehen würde, damit der Sex wieder Spaß
macht.

„Meine Frau ist so eifersüchtig! Wenn sie dahinter
käme, dass ich sie betrüge, dann lässt sie sich scheiden und dann bin ich ruiniert. Wir haben zwei Kinder, ein Haus, keinen Ehevertrag. Nee, ich riskier da
nichts."
Oh je. Mein Kumpel ist ein Zombie geworden, ein
lebender Toter. Ein Sex-tolles, aufregendes Leben
hat er nicht mehr.

Ein Phänomen fiel mir auf: Immer, wenn ich nach
Liebe gesucht hatte, fand ich Liebeskummer. Immer
wenn ich nur Sex gesucht hatte, fand ich Frauen, in
die ich mich manchmal verliebte und zwar dann,
wenn der Sex gut war und sich die Mädchen in mich
verliebten. Blieb ich dann länger mit dem Mädchen
zusammen, wurde es Alltag, es folgten Trennung
und Kummer. Ich wollte keinen Kummer. Also nur
kurze, frische Beziehungen. Eine Volksweisheit sagt:

Verliebe dich oft, verlobe dich selten, heirate nie!

Es war einmal ein Vogel

Im Buch „11 Minuten" von Paulo Coelho ist eine Fabelgeschichte, die erzählt von einer Frau, die einen Vogel liebte. Der Vogel war wunderschön, hatte kräftige Flügel, zog majestätisch seine Flugbahnen und besuchte regelmäßig die Frau. Er war frei, flog wieder weiter, kam aber immer wieder zurück. Die Frau hatte aber Angst, dass der Vogel eines Tages nicht zurück zu ihr käme und sie stellte dem Vogel eine Falle und sperrte ihn in einen Käfig.

Obwohl sie ihren Gefangenen liebte und gut versorgte, wurde der Vogel immer unglücklicher. Seine Flügel, mit denen er sich nicht mehr in den Himmel hinauf schwingen durfte, wurden kraftlos und er wurde schwächer und schwächer und eines Tages starb der Vogel in seinem Käfig.

Die Frau trauerte um den kräftigen, freien, schönen Vogel. Sie verstand nicht, dass sie ihn getötet hatte, indem sie ihm seine Freiheit geraubt hatte.

Paulo Coelho ist ein brasilianischer Schriftsteller. Er hat zahlreiche Literatur-Preise erhalten. Weltweit bekannt wurde er durch sein Buch „Der Alchimist".

Die Geschichte „Es war einmal ein Vogel" aus seinem Buch „11 Minuten" findet man ungekürzt im Internet, wenn man danach sucht.

Ich, Siggi, habe mir geschworen, nie mehr in einem Käfig zu landen. Auch wenn er noch so golden ist.

Daher mein Slogan: Adler landen nie im Käfig.

Sex statt Ehe

K wie Karolina

Jetzt war Julia ausgezogen und ich war heiß auf Sex mit allen anderen Frauen und stürzte mich mit 35 wieder ins Nacht- und Discoleben und wollte wieder mit der Hasenjagd im Singlemarkt weitermachen, die ich wegen Julia beendet hatte: Zum Beispiel mit Jagd auf Studentinnen.

Für die Studentinnen war ich aber schon zu alt. Fünfzehn Jahre Altersunterschied war wohl doch zu viel. Irgendwie landete ich nicht mehr bei den Studentinnen, obwohl ich doch so ein guter Aufreißer gewesen war. Die wollten irgendwie lieber auf ihren Studentenpartys unter sich bleiben, als sich mit mir einzulassen. Ich war schließlich schon 35 Jahre alt aber nicht mal Top-Manager in einem Weltkonzern wie die Papas dieser Studentinnen, also ein Loser. Aus einem Student kann ja mal was werden, aber nicht aus einem Typ, der es mit 35 Jahren noch nicht mal zum Abteilungsleiter gebracht hatte.

Na ja, dann mach ich eben Krankenschwestern an, nahm ich mir vor. Aber auch diese waren irgendwie nicht mehr rumzukriegen wie früher. Ich war schon 35 aber kein 28jähriger Arzt.

Es dauerte eine Weile, dann traf ich eine Kaufhaus-Verkäuferin mit Migrationshintergrund. Auch gut.

In einer Disco sah ich ein Mädchen auf der Tanzfläche. Die hatte lange schwarze Haare, die ihr bis zum Po reichten. Sie war Mitte zwanzig, hatte ein propere Figur, ordentlich Busen und schwarze, feurige Augen.

Ich tanzte sie einfach an und sie tanzte wortlos mit mir. Ich starrte in ihre Augen und sie schoss mit Blicken zurück, die mich wie Blitze trafen, so heiß waren die Blicke, die sie mir zuwarf. Bestimmt fünfzehn Minuten tanzten wir auf diese Art, ohne miteinander zu sprechen.

Plötzlich tauchte ein anderes Mädchen neben ihr auf und sagte ihr etwas ins Ohr. Meine feurige Tanzpartnerin kam zu mir und die ersten Worte, die sie zu mir sprach waren:

„Hallo ich bin Karolina aus Spanien. Ich muss jetzt gehen!"

„Okay, Karolina, ich bin Siggi aus Deutschland und ich bin morgen um die gleiche Zeit wieder hier!"

„Ich komme nie in diese Disco, das war Ausnahme heute!"

Sie drehte sich um und ging.

Ich kam eigentlich auch nie in diese Disco, es war irgendwie Schicksal gewesen, dass ich dort war und dass sie da war. Glücklicherweise war es an einem Freitag und die Disco hatte am Samstag auch wieder geöffnet. Wie ich schon sagte, ich gehe normalerweise nie in diese Disco, aber wegen Karolina ging ich wieder hin. Nur wegen ihr. Ungefähr um die selbe Zeit. In der Hoffnung, sie würde das gleiche tun.

Plötzlich sah ich sie wieder. Sie stürmte direkt auf mich zu und sagte:

„Welch ein Glück dass du da bist. Ich mag diese Disco nicht, bin nur wegen dir wieder gekommen."

„So geht es mir auch! Bin auch nur wegen dir gekommen. Aber jetzt, wo wir uns getroffen haben, können wir ja gleich wieder gehen. Irgendwohin, wo es uns besser gefällt."

„Nicht sofort Siggi, ich kenne dich ja gar nicht."

„Okay, dann trinken wir hier etwas zusammen. Aber lass uns nach hinten gehen, da ist es nicht so laut und wir können uns besser unterhalten."

Der ruhigere Teil der Discothek war mit altmodischen Sitzbänken und Tischen eingerichtet. Da saßen wir jetzt nebeneinender auf einer Bank vor unseren Longdrinks und unterhielten uns.

Während der ganzen Zeit unserer Unterhaltung leuchteten ihre feurigen, spanischen Augen und ihre Blicke hatten magnetisierende Wirkung. Wir waren während des ganzen Gesprächs voneinander angezogen.

Wie jede neugierige Frau fragte sie mich natürlich aus. Insbesondere interessierte sie, warum ich mit 36 Jahren nicht verheiratet wäre.

„Ich war schon mal verheiratet, bin seit einem Jahr geschieden."

„Hast du Kinder?"

„Nein, wir waren nur kurz verheiratet, meine Ex-Frau ist noch jung, erst 26, die heiratet bald einen anderen Mann und dann wird sie Kinder mit diesem haben."

„Ist die Ehe wegen dem großen Altersunterschied kaputt gegangen?"

„Hey, was heißt hier Altersunterschied! 10 Jahre sind gar nichts, man ist so jung wie man sich fühlt und ich fühl mich erst wie 28, was denkst du? Dass du neben einem alten Knacker sitzt?"

„Würdest du noch mal heiraten?"

„Karolina, ich weiß nicht, warum du mich das alles fragst, obwohl wir uns erst seit einer Stunde kennen. Aber bevor irgendwelche Missverständnisse entstehen hör jetzt gut zu, was ich dir sagen werde."

Ich sah ihr tief in die Augen und sie schaute mich konzentriert an, dann fuhr ich fort:

„Ich werde nie wieder heiraten. Meine nächste Freundin kriegt alle meine Emotionen die ich habe, all meine Leidenschaft, mein Verlangen, mein Begehren, meinen Sex, aber nie einen Ehering. Und von ihr erwarte ich, dass ich all ihre Leidenschaft, ihre Emotionen, Begehren, ihr Verlangen, ihre Lust und ganz viel Sex erhalte. Sonst nichts."

Karolina schaute mich noch einige Sekunden an, dann schnappte sich die feurige Spanierin meinen Kopf wie einen Stier bei den Hörnern und küsste mich mit all ihrer Leidenschaft, dem Begehren und ihrem Verlangen nach Sex auf den Mund. Ich erwiderte Karolinas Kuss mit all meiner meinen Emotionen, die die gleichen wie ihre waren und fügte noch die Kusstaktik hinzu, die ich von Elli gelernt hatte.

Nach dem Kuss stand sie sofort auf.

„Wo willst du hin?"

„Ich habe dir eben all meine Leidenschaft gezeigt und jetzt bekommst du ganz viel Sex."

Ich war Baff. So eine schnelle Reaktion hätte ich nicht erwartet. Aber auch meine Geilheit und Verlangen waren geweckt und wir eilten zu mir nach Hause. Dort stürzten wir uns ins Bett und nach 7 Jahren mit Julia hatte ich endlich wieder Sex mit einer anderen und es war spannend und neu und aufregend wie jedes Mal, bei einer Erst-Eroberung.

Nach dem Sex fragte ich Karolina vorsichtig:

„Du bist Spanierin. Muss ich jetzt Angst haben, dass deine Brüder mit dem Messer kommen und mich abstechen, wenn ich dich nicht heirate?"

„Nein, wir Spanierinnen brauchen dazu nicht die Hilfe unserer Brüder. Wir können selber mit dem Messer umgehen."

Dann lachte sie herzhaft und fiel mir in die Arme und kuschelte sich an mich. Herrlich. Kein Fasching, keine Griechin, die mich nach dem Sex wieder verließ.

Circa fünf Monate lang waren wir Freund und Freundin, gingen gemeinsam aus, ins Kino, in Discotheken und in Szenecafés, wo wir viel redeten und über das Leben diskutierten. Anschließend landeten wir immer im Bett und gaben uns all unsere Leidenschaft und Sex, soviel wir wollten und konnten.

Dann fragte Karolina in einem Café-Bistro plötzlich noch mal nach meiner Einstellung zur Ehe.

„Ich habe es dir schon mal gesagt, Karolina und ich sag es noch mal: Ehe ist ein Vertrag, den man auf dem Standesamt macht, aber Gefühle kann man nicht vertraglich festschreiben. Die ändern sich mit der Zeit und was irgendwann übrig ist, ist nur der Vertrag. Ich heirate nicht mehr, du weißt das doch."

„Ich mach Schluss mit dir, Siggi."

„Hä? So plötzlich?"

„Ja, heute, jetzt."

„Warum?"

„Ich wollte dich heiraten, aber jetzt weiß ich, dass du wirklich nie mehr heiraten wirst."

„Karolina, ich habe es dir am ersten Tag gesagt, noch bevor du mir den ersten Kuss gegeben hast, hab ich dir gesagt, dass ich nie mehr heiraten werde!"

„Ja. Aber ich habe geglaubt, du hättest nur die falsche Frau gehabt, und ich könnte dich überzeugen, dass ich die Richtige für dich bin. Aber nach ungefähr einem halben Jahr mit dir, kenne ich dich jetzt so gut, dass ich weiß, dass du nie wieder heiraten wirst. Ich will aber heiraten und Kinder haben. Also verlasse ich dich jetzt und such mir einen anderen Mann. Einen Spießer, der noch an die Ehe glaubt und auch Kinder haben will."

Ich war sprachlos. Aber ihr Gedankengang war, für sie persönlich, nachvollziehbar und ich verstand auch, dass es für Karolina als junge Frau wichtig war, einmal zu heiraten. Alle Mädchen auf der Welt träumen davon, irgendwann den Richtigen zu finden, mit dem sie Kinder und Ehe wollen und glauben an die wahre Liebe.

„Karolina, ich verstehe, warum du mich verlassen willst. Aber du bist erst 25. Heiraten hat doch noch Zeit. Ich steh jetzt unter Schock. Vor zwei Minuten hab ich noch gedacht, ich bin mit dir zusammen, weil du wie ich nur Leidenschaft, Begehren und Verlangen und Sex haben willst. Und jetzt das!"

„Meinetwegen können wir noch mal zusammen Essen gehen, aber du lädst mich ein und danach bringst du mich heim. Ohne Sex." Karolina wusste immer, was sie will.

Wir gingen Essen in einem griechischen Restaurant. Beim Essen erwähnte ich, dass ich einmal Sex mit einer Griechin gehabt hatte, die sofort nach dem besten Sex Schluss mit mir gemacht hatte, weil sie Angst hatte, ihre Brüder würden mich abstechen, wegen Sex ohne Heirat.

„Ich danke dir, Karolina, dass du ganze 5 Monate bei mir geblieben bist. Es war eine fantastische Zeit. Schade, dass du heute mit mir Schluss machst."

Karolina grinste, nahm ihr Ess-Messer in die Hand und tat so, als ob sie mich damit bedrohen würde und sagte grinsend:

„Ja, es war schön, ich bereue es auch nicht, aber heute ist Schluss. Übrigens: Erinnerst du dich, was ich nach unserem ersten Sex gesagt habe? Dass wir Spanierinnen die Männer selbst abstechen, die uns nicht heiraten."

Ich lachte und bestätigte, dass ich mich erinnere und fragte: „Wie lang hab ich noch zu leben?"

„Bis nach deinem letzten Sex, den ich jetzt noch einmal von dir will", sagte Karolina und führte unter dem Tisch ihren Fuß an meinem Oberschenkel entlang und massierte meinen Schwanz damit. Karolina hatte sich glücklicherweise vorher den Schuh ausgezogen, so dass es nicht schmerzte. Ich wurde geil.

„Du bist ja schon wieder geil auf mich!", sagte sie.

„Und du auch. Man kann Leidenschaft nicht einfach beenden. Gefühle kann man nicht steuern. Auch mit Heirat kann man Liebe nicht für ewig garantieren."

„Klappe, du redest dich sonst um deinen letzten Sex mit mir."

„Willst du wirklich noch mal Sex mit mir und danach Schluss machen?"

„Ich habe schon Schluss mit dir gemacht. Ich will nur noch mal Sex. Aber wenn du willst trennen wir uns jetzt sofort und ohne letzten Sex."

„Ich will deinen letzten Sex!", flüsterte ich und dann rief ich laut ins Lokal: „Zahlen bitte!"

Der Kellner kam und sagte, was ich zu zahlen hätte. Ich gab ihm Geld und ergänzte:

„Könnte ich bitte eine Quittung haben?"

„Einen Moment, der Herr!", sagte er und verschwand wieder.

Kurz darauf kam die Chefin des Lokals persönlich an unseren Tisch, legte eine Servicemappe aus Leder vor mich und fragte, ob es uns geschmeckt hätte und ob wir noch einen Ouzo aufs Haus haben wollten. Ich lehnte dankend ab, die attraktive Griechin wünschte uns noch einen Guten Abend und eine gute Reise und ging wieder.

Ich schlug die Servicemappe auf, mit dem Wechselgeld und der Quittung. Ich nahm die Quittung heraus und stellte fest, dass es zwei Quittungszettel waren. Wieso zwei? Ich schaute genauer auf die Quittungen.

Beide Quittungen waren Vordrucke des Lokals, mit dem Logo des Restaurants drauf. Auf einem war der Preis unseres Essens notiert, Stempel und Unterschrift dabei. Auf dem anderen Zettel hatte die Chefin geschrieben: „Bitte kommen Sie nie wieder hier Essen, ich bin verheiratet und habe Kinder."

Ich schaute auf das Logo mit dem Namen des Lokals und den Stempel: „Zum Zeus. Inhaber Helena und Costa Papadoliopoulos, Strasse, Ort, Tel."

Ich schaute zur Theke. Ich konnte gerade noch eine ca. 35jährige, schöne Griechin mit markanter Nase sehen, wie sie sich schnell umdrehte und im Personalbereich des Restaurants verschwand.

„Wieso hat sie uns eine schöne Reise gewünscht?" fragte mich Karolina.

„Keine Ahnung. Sie denkt wohl, wir sind auf der Durchreise. Ich war nämlich noch nie hier in diesem Restaurant", antwortete ich und war heilfroh, dass ich Karolina nie die ganze Geschichte mit Helena, meiner griechischen Göttin erzählt hatte.

Zu Hause hatten Karolina und ich wirklich noch einmal tollen Sex miteinander und wir kamen auch beide zum Orgasmus, obwohl der Sex nicht ganz so leidenschaftlich wie unsere Sexnächte davor waren. Dass es unser letzter Sex war, lastete ein wenig.

Trotzdem hat mich Karolina nicht nach dem Sex getötet wie diese Spinne namens „Schwarze Witwe".

Außerdem sind wir noch gute Freunde geblieben und gingen ab und zu noch mal gemeinsam Essen, aber nie zum Griechen ins Zeus und wir hatten auch nie wieder Sex miteinander.

Ich kriegte auch mit, dass sie schon ein halbes Jahr später einen spanischen Koch heiratete, der wie sie hier in Deutschland lebte. Circa neun Monate später gebar sie ein Kind. Kaum ein weiteres Jahr später war sie aber geschieden.

Sie zog zurück nach Spanien, weil sie ihre Mutter brauchte, die als Oma auf das Kind aufpassen musste, während sie zur Arbeit ging.

Das letzte, was ich von Karolina hörte, war am Telefon. Sie rief aus Spanien an um sich endgültig für immer von mir zu verabschieden:

„Siggi, du hast Recht. Gefühle ändern sich, auch wenn man es nicht wahr haben will und meint, dass die Ehe ewig hält."

Traurig sagte sie: „Ich wollte einen Mann und ein Kind, jetzt hab ich leider nur noch das Kind."

„Und viele Probleme und viel Leid", ergänzte ich.

„Ja, ich liebe mein Baby aber trotzdem", sagte sie mit zitternder Stimme.

„Ich wünsch dir nur das aller Beste, Karolina."

„Danke, Siggi. Ich dir auch."

Dann hörte ich ein unterdrücktes Schluchzen und Karolina legte auf.

Ich dachte: Die arme Karolina. Wie viel Leid sie jetzt als alleinerziehende Mutter hat, weil sie an die wahre Liebe geglaubt hatte.

* * *

Wieder Tanz-Gigolo

L wie Luise

Ich war wieder solo und musste wieder Hasen jagen, damit mein Sexleben nicht einrostete.

Auf die Idee, gleichaltrige Frauen anzumachen, die auch geschieden waren, kam ich nicht. Schließlich war ich immer noch der Meinung, dass die Hübschesten gerade gut für mich waren. Die Frauen über 30 waren aber nicht die Hübschesten in den Discos. Das waren diejenigen, die entweder immer noch keinen Mann gefunden hatten, vielleicht weil sie nicht schön genug waren, oder die waren auch schon wieder geschieden und ihre Figur war ruiniert von den Kindern, die sie während ihrer Ehe geboren hatten. Ich hatte mich doch nicht von der 25jährigen Julia getrennt, um sie gegen eine alte, unansehnliche Frau einzutauschen? Nee. Sie musste unter 30, keine Mutter und hübsch sein.

Meine feurige Karolina war ja der Beweis gewesen, dass man auch als 36jähriger eine 25jährige finden konnte. Es war nur nicht mehr so leicht wie damals, als man noch ledig im Formular ankreuzen durfte und erst 28 war. Aber ‚Trau keinem über 30' schien die Devise vieler junger Mädchen zu sein.

Ich flirtete viel, hatte viel Spaß in den Discos, aber ins Bett gingen die Mädels nicht mit mir. Ich war in einem Alter, da durfte ich nur der Tanz-Gigolo sein, aber nicht der auserwählte eventuelle Mister Richtig, den die jungen Mädels auch mal im Bett testen wollten.

Es war verflixt, es vergingen tatsächlich 3 ganze Jahre, in denen ich mit einem Kumpel, dem es genauso ging wie mir, von Party zu Party von Disco zu Disco zog. Aber Sex bekamen wir nur zu Fasching oder im Urlaub und zwar mit Frauen über 30, nicht mit Teenies. Die jungen Hasen flirteten ein bisschen mit uns, aber kaum hatten wir die Hoffnung auf ein Date, enttäuschten sie uns mit einer netten Absage.

Ich könnte einige Geschichten von gut begonnen Jagdszenen erzählen, die dann aber nicht zum erhofften Abschluss im Bett führten.

Wir gaben es schließlich auf, in moderne Mega-Discos zu gehen, in denen die Gäste zwischen 18 und 29 waren und sahen ein, dass wir die schönen Häschen vom Typ Fotomodel wohl nicht mehr rumkriegen würden.

Für diese Erkenntnis brauchten wir immerhin zwei Jahre, dann waren wir so „notgeil", dass wir sagten: Na gut, dann gehen wir in andere Lokale und machen eben doch die über Dreißigjährigen und geschiedenen Frauen an.

Als inzwischen 38jähriger war ich jetzt Stammgast in Tanzcafés und auf Ü30-Partys, das passte besser zu meinem Alter. Ich hatte wieder mehr Erfolg beim Anflirten und viel Spaß in den Discos. Selbstverständlich flirtete ich nur mit den schönsten der über 30jährigen.

Aber am Ende des Abends wollte sich kaum eine mit mir für ein Date verabreden oder gar gleich mit mir ins Bett gehen.

Ich brauchte eine Weile, bis ich den Grund herausfand und wie immer war es eine Frau selbst, die es mir erklärte:

„Wir haben den ganzen Abend gelacht, getanzt, geflirtet und jetzt willst du ohne mich nach Hause gehen?" fragte ich eine 33jährige namens Luise.

„Sorry, ich bin verheiratet. Mein Mann hat heute Skatabend mit seinen Kumpels und ich bin mit meiner Freundin hier. Wir wollten nur tanzen."

„Was ist mit Fremdgehen, Luisa? Willst du nicht auch mal wieder was Spannendes erleben?"

„Nein! Frag das nie wieder!", schimpfte Luise und ließ mich stehen.

Ich war mal wieder der Tanz-Gigolo gewesen, der ihr gesagt hatte, dass sie gut aussieht und begehrenswert war. Aber das reichte der Hausfrau. Ihre Ehe wollte sie nicht riskieren. Ich war der böse Bube, nicht sie.

Ich fühlte mich verarscht wie als 17jähriger von Angelika. Zum Tanzen war ich gut genug, zu mehr nicht?

Wenn ich doch einmal ein Date mit einer haben durfte, dann klappte es trotzdem nicht zwischen uns. Nur Leidenschaft war den Damen Ü30 zu wenig. Weil ich, wie bei Karolina der Spanierin, immer ehrlich sagte, dass ich nur an die Leidenschaft und nicht an die Ehe glaubte, bekam ich keine Frau mehr ins Bett. Wie altmodisch! Wo sind die modernen Frauen?

L wie Lene

„Ich danke dir für den wunderbaren Abend. Du bist ein fantastischer Tänzer und ein toller Kerl." So verabschiedete sich eine ca. 35jährige attraktive Frau namens Lene nach einer Stunde Flirt von mir.

„Das klingt, als willst du schon gehen. Wollen wir uns wieder sehen? Lust auf ein Date mit mir?"

„Nein. Ich suche einen Mann zum Heiraten, keinen Casanova wie dich."

„Woher willst du wissen, dass ich ein Casanova bin?"

„Ich habe dich schon einige Male hier gesehen. Du tanzt nur mit den schönsten Frauen und alle flirten gerne mit dir. Einen Mann wie dich kann man nicht halten, der kann nicht treu sein."

„Du suchst also lieber einen schüchternen Softie, der nicht so viel Erfolg bei Frauen hat?"

„Ja, das sind zwar die schlechteren Liebhaber aber die besseren Ehemänner."

„Warst du schon mal verheiratet?"

„Ja, mit einem Kerl wie du einer bist. Er ist immer fremd gegangen."

„Warum hast du ihm das Fremdgehen nicht einfach erlaubt? Dann hättet ihr keinen Streit gekriegt und wäret wohl noch immer verheiratet. Nur die Liebe und die Eifersucht machen Kummer, der Sex doch nicht. Also wie wäre es mit Sex ohne Heiraten und ohne Kummer mit mir?"

„Du Schlawiner! Nein. Such dir dafür ne andere. Du kriegst sowieso jede rum, mit deiner charmanten Art."

„So ist es leider nicht. Weil alle Frauen ab 30 nur den Mister Richtig suchen, so wie du. Und die Frauen, die schon Mister Richtig haben, die wollen nur Tanzen aber nicht fremd gehen."

„Dann such eine jüngere, die noch nicht heiraten will oder eine ältere, geschiedene, die schon erwachsene Kinder hat und nie mehr heiraten will."

„Du meinst 20jährige, die nur mit Männern experimentieren wollen oder über 40jährige, die schon zwanzigjährige Töchter haben?"

„Ja," lachte Lene. „Und ich bin überzeugt, du wirst die zwanzigjährigen Töchter anmachen. Viel Erfolg, ich geh jetzt. Schönen Abend noch."

„Mach's gut, Lene!", wünschte ich ihr.

Danach ging ich nur noch in Ausnahmefällen auf Ü30 Partys.

* * *

Nur die Jugend zählt

L wie Lolita

Lene hatte mir empfohlen, entweder die ganz jungen Mädchen anzumachen, oder die Frauen in meinem Alter. Jetzt war ich 39, fast schon 40.

Lene war überzeugt, ich würde eher die Zwanzigjährigen anmachen, als die 40jährigen. Dabei hatte ich das doch schon die letzten 4 Jahre ohne Erfolg gemacht und war auf die Ü30-Zielgruppe zugegangen. Jetzt sollte ich in Tanzcafés für Ü40 und Ü50jährige? Solche Lokale gab es auch, aber da wollte ich wirklich nicht hingehen.

Die Hoffnung stirbt zuletzt, so lautet eine bekannte Russische Volksweisheit.

Mein Kumpel Peter und ich gingen am nächsten Freitag wieder in die moderne Mega-Disco der Teens und Twens. Herrlich, wie hübsch die Mädchen hier waren. Viel hübscher als in den Ü30-Treffs. So sexy, so unwiderstehlich schön. Das hier war unser Jagdrevier, hier waren die jungen und knackigen Girlys, die Häschen, die alle Männer haben wollen.

Da sah ich Lola. Die hübscheste aller Lolitas.

Ein Mädchen rief ihr zu: „Lola, dein Drink!", aber Lola tanzte gerade auf den neuesten House-Groove. Nicht auf der Tanzfläche, sondern direkt an der Bar.

„Stell den Drink einfach ab, ich tanz gerade!", rief Lola ihrer Freundin zu und tanzte weiter, einfach so auf dem Gangway der Disco, zwischen Theke und

Tanzfläche, auf dem Weg, den ich gerade entlangging. Schicksal?

„Hey Lola!", sagte ich spontan.

Sie schaute kurz zu mir und tanzte einfach weiter.

„Hey, Lola, ich will dich was fragen!", sagte ich.

„Woher kennen Sie meinen Namen?" erwiderte sie, ohne mit dem Tanzen aufzuhören.

„Deine Freundin hat dich gerade gerufen, ich hab's zufällig gehört."

„Ach so", sagte Lola und tanzte weiter, desinteressiert an mir.

„Hey Lola, was machst du morgen Nachmittag?"

„Das geht Sie nichts an!", erwiderte sie, wie damals Ingrid. Nur, dass diese Lola mich Siezte! Ich ließ mich nicht beirren und fuhr fort. Ich beugte mich ganz nah zu ihr, damit sie mich auch trotz lauter Musik verstehen würde:

„Okay, ich will's gar nicht wissen. Vergiss was ich gefragt hab, ich hab einen neuen Vorschlag: Weil so schönes Sommerwetter ist, treffen wir uns morgen zum Eis essen am Badesee. Na, wie wär's?"

Sie lachte und sagte: „Tut mir leid, Sie sind mir zu alt!"

„Na hör mal, ich bin nicht alt. Ich bin so jung wie ich mich fühle!"

„Kann ja sein, dass Sie sich jung fühlen, aber Sie sind mir trotzdem zu alt."

Die ganze Zeit hat sie mich gesiezt, das hatte ich noch verkraftet, aber jetzt war ich in der Seele getroffen: Sie hat mir glatt zwei Male hintereinander gesagt, dass ich zu alt bin.

Da stand ich, erst 39, noch nicht mal 40 Jahre alt, vor einem Mädchen, vielleicht 19 Jahre alt und sie sagte mir die brutale Wahrheit voll ins Gesicht und ich stand wie angewurzelt da und war das erste mal in meinem Flirtleben einfach nur sprachlos. Was sollte ich darauf sagen? Diese Lolita hatte sogar Recht!

Lola sah, dass ich noch immer vor ihr stand, aber nichts mehr sagte. Ich glaube sie hat gesehen, dass sie mir einen Todesstoß versetzt hatte und merkte, dass alle meine Hoffnungen auf junge Häschen gerade starben.

„Alter, geiler Bock," hat sie sich bestimmt gedacht und drehte sich einfach um, ging kopfschüttelnd zu ihrer Freundin an die Bar und ließ mich da stehen, wo ich stand.

Die Zeiten, in denen ich sexy Girls wie Lola oder Ingrid mit so einem Anmach-Spruch neugierig machen konnte, waren definitiv vorbei. Ich kapierte es.

Die allerletzte Hoffnung starb.

Lola erzählte ihrer Freundin, wie ich sie angesprochen hatte und die beiden sahen angewidert oder mitleidig in meine Richtung. Einladend waren ihre Blicke jedenfalls nicht.

Ich war seelisch tot.

Die beiden Teens sollten es nicht sehen. Ich drehte mich um wie ein begossener Pudel und suchte meinen Kumpel Peter, der irgendwo in der großen Mega-Disco an der Bar stand und sich mit einem Bekannten unterhielt, den er hier in der Disco getroffen hatte.

„Peter, stell dir vor, was mir eben passiert ist", sagte ich aufgeregt und er verabschiedete seinen Gesprächspartner.

„Was denn, Siggi?" fragte Peter.

„Ich hab ein Mädchen angesprochen und sie hat mich gesiezt und dann hat sie mir direkt ins Gesicht gesagt: Sie sind mir zu alt."

„Nee, wirklich? Wie hast du sie denn angemacht?"

Ich erzählte Peter was ich gerade erlebt hatte. In allen Einzelheiten. Die Wortfolge hatte sich in meine Seele gebrannt.

„... dann sagte sie: ‚Kann ja sein, dass Sie sich jung fühlen, aber Sie sind mir trotzdem zu alt.' Und dann hat sie sich rumgedreht und mich stehen lassen."

„Wie alt war sie denn?"

„Na ja, so jung wie die meisten hier. Eine junge Lolita eben, echt süß."

„Die will ich sehen, die sich getraut hat, dir das ins Gesicht zu sagen."

Ich führte Peter in die Nähe der Bar, wo die Sache mit Lola passiert war und zeigte sie ihm:

„Da vorne, das sexy Blondchen mit dem Minirock!"

„Wow, die ist ja wirklich ne Barbie-Puppe. Aber Siggi, die ist ja tatsächlich höchstens 20 und du bist fast 40. Du könntest ihr Vater sein."

„Ja.", sagte ich nur.

„Und vielleicht hat sie einen Vater zu Hause, der so alt ist wie wir, oder 45, also fast so alt wie wir." Peter bohrte auch noch in meiner Wunde an der meine Hoffnung gestorben war. Es tat so weh.

„Aber ich hab doch das Recht sie anzusprechen und es zu versuchen, oder?" verteidigte ich mich.

„Ja, Siggi, Aber sie hat auch das Recht, ‚Nein' zu dir zu sagen. Es ist der Wahnsinn, dass du dich noch traust, so junge Barbies anzumachen."

„Aber es funktioniert nicht mehr. Was sollen wir jetzt tun? Ins Altersheim gehen?"

„Ja. Wir gehen eben in Reviere, wo die Frauen in unserem Alter sind, Siggi."

„Wieder auf Ü30-Partys, wo die Frauen nur Sex machen, wenn sie glauben, dass du sie heiratest? Du weißt, ich kann das denen nicht vorlügen. Erinnerst du dich an die Lene? Sie hatte gemeint, ich krieg mit meiner charmanten Art jede rum. Und was ist hier gerade passiert? Es ist zum Heulen."

„Lene? Die hat dir auch gesagt hat, du sollst es mit über 40-jährigen versuchen. Dann probieren wir eben die 40-jährigen, die können jedenfalls nicht sagen, wir wären zu alt! Ist bestimmt besser, als die Jagd aufzugeben. Die Hoffung stirbt zuletzt, Siggi!"

Wieder wilder Sex
L wie Lisa

„Na gut, Peter. Dann gehen wir morgen in so einen Schuppen wo die Oldies tanzen. Da gibt's so ein altmodisches Tanzcafé mit Live-Band, Tanzkapelle. Das heißt „Tanzschiff" oder so. Ich war da mal vor einigen Jahren drin aber bin sofort wieder raus, weil alle Frauen viel älter waren als ich."

„Jetzt haben wir aber das gleiche Alter. Genau da gehen wir morgen hin, Siggi. Du wirst sehen, da haben wir Erfolg mit deiner charmanten Art.", tröstete mich Peter.

Schon am nächsten Tag waren wir dort. Gleich nach dem Eintreten wollte uns ein Rentner, der dort als Kellner jobbte, einen Tisch mit einer Nummer zuweisen. Wir lehnten ab und gingen an die Theke und setzten uns auf einen Barhocker, wie wir jungen Kerle es gewohnt waren. Die Tische mit Tischdecken und Blumenvasen waren ein Graus!

Ich sah mich um. Das Tanzcafe war riesengroß. Jede Menge Tische, an denen meist Damen zwischen 40 und 60 zu zweit oder zu viert saßen und an den anderen Tischen saßen Männer, auch zwischen 40 und scheintot.

Auch ein paar ältere Pärchen war hier und da zu sehen, aber die Mehrheit der bestimmt 200 Gäste war Single.

Immer wenn die Tanzkapelle anfing zu spielen, standen die Herren auf und gingen zu den Damen und forderten sie zum Tanzen auf. Körbe bekam, soweit ich das mitkriegte, wohl keiner. Die Tanzkapelle spielte drei Lieder, dann kam ein Tusch. Die Damen und Herren trennten sich wieder und alle gingen wieder brav an ihren Tisch zurück.

Wir sahen uns das eine halbe Stunde lang an.

„Komm lass uns wieder in die Megadisco zu den Häschen gehen, dort sehen sie wenigstens knackig aus. Das Krampfaderngeschwader hier ist mir zu alt", sagte ich nachdem ich das erste Bier ausgetrunken hatte.

„Nix da, Siggi, noch ist Polen nicht verloren. Du kriegst mit deiner Flirtkunst hier bestimmt eine ins Bett. Die Hoffnung stirbt zuletzt. Wir sind noch nicht tot! Schau mal, wir sind mit 39 die jüngsten hier. Also ich wette, dass du hier eine rumkriegst, aber in der Teenie-Disco kriegst du wieder gesagt, dass du zu alt bist. Also mach jetzt einen Test. Bei der nächsten Tanzrunde forderst du eine auf!"

„Na gut. Einmal probier ich's."

„Nur Mut. Genau deshalb sind wir hierher gekommen. Bring deinen Spruch mit dem Eis-Essen morgen. Du wirst sehen, das klappt."

„Ha, ha, den Spruch braucht man nur bei Frauen, die schwer anzumachen sind. Die hier sagen ja scheinbar alle gleich „ja", wenn man sie nur zum Tanzen auffordert."

„Eben. Und du bist der beste Tänzer den ich kenne, Siggi. Ich war leider nicht in der Tanzschule wie du."

Den Discofox konnte ich gut. Den hatten wir auch in den Ü30 Discos gebraucht und die Frauen tanzten immer gerne mit mir. Da brauchte ich keine Angst zu haben, mich hier im „Tanzschiff" zu blamieren.

„Okay, ich mach den Test. Aber nicht mit einer Oma. Ich geh mal durchs Lokal und sehe mich um, ob irgendwo eine Frau sitzt, die noch einigermaßen gut aussieht. Bin gleich zurück."

Ich lief durchs Lokal, aber es saß keine an den Tischen. Die waren alle auf der Tanzfläche. Ich musste die Tanzpause abwarten, bis sie sich alle wieder gesetzt hatten. Ich ging wieder zu Peter an die Theke und wir warteten. Dann kam der Tusch. Die Tanzpause begann. Sie dauerte immer ziemlich lange 10 Minuten.

Kaum saßen alle an den Tischen, begab ich mich auf die Pirsch und lief durchs ganze Lokal und schaute mir verstohlen alle Frauen an. Sie waren mir alle zu dick, zu alt, zu hässlich.

Endlich sah ich eine, die mir wirklich gefiel. Sie war nur wenig älter als ich, hatte blonde, schulterlange Haare. Sie hatte ein schwarzes Abendkleid an, mit tiefem Ausschnitt und ich konnte erkennen, dass sie einen großen Busen hatte.

Die oder keine! Ich kehrte zurück zu Peter an die Theke. Ich musste warten, bis die Tanzpause zu Ende ist und wieder zum Tanzen aufgefordert werden durfte.

Mit Peter besprach ich die Situation und meine Chancen. Es gab also tatsächlich Frauen, die über 40 waren und noch geil aussahen! Ich schöpfte wieder Hoffnung, dass ich doch noch mal guten Sex im Leben haben könnte. Ich musste diese attraktive Frau vom Typ Marilyn Monroes Mutter nur noch anmachen und rumkriegen. Das mit dem Anmachen konnte ich gut. Nur das mit dem Rumkriegen für Sex, das hatte die letzten Jahre deshalb nicht geklappt, weil ich immer Mädchen angemacht hatte, die vom Altersunterschied meine Töchter sein könnten. Jetzt musste ich die Mütter dieser Mädchen anmachen. Die sind in meinem Alter. Das klappt bestimmt. Keine dieser Damen konnte denken oder sagen: Du bist mir zu alt.

Der alte Kampfgeist erwachte in mir. Der erste Spruch musste sitzen. Ich wollte diese Monroe-Mutter oder keine! Aber der lockere Spruch mit dem Eis-Essen war hier nicht angebracht.

Aber nur diesen doofen Spruch zu sagen: „Hast du Lust zu tanzen?", das durfte ich nicht bringen. Das sagt jeder und jeder hat keinen Sex. Um eine Frau neugierig zu machen, muss man was Fantasievolles sagen. Oder zumindest irgend etwas, was sonst keiner sagt. Außer in einer Tanzschule wollen alle nur bumsen, wenn sie eine Frau in einer Disco oder einem Singletanzcafe zum Tanzen auffordern. Die Frauen wissen das. Aber sie bumsen nicht mit jedem, der sie zum Tanzen auffordert. Sondern nur mit den Männern, die sie attraktiv finden und sie anders ansprechen als alle.

In der Mega-Disco war ich für Teenies nicht mehr attraktiv, zu alt. Da halfen auch keine originellen Ansprechversuche mehr. Hier im Tanzschiff war ich der jüngste Mann im Saal und bestimmt attraktiv genug. Ich musste nur was anderes sagen als alle anderen Männer. Mist, was sagt man in einem Tanzcafe zu einer Dame, wo doch alle Damen eh nur drauf warten, zum Tanzen aufgefordert zu werden?

Ich entschied mich für einen ganz einfachen Spruch. Ich würde hingehen, „Guten Abend" sagen und warten. In 99% alle Fälle sagen Frauen, die so angesprochen werden auch einfach „Guten Abend." Bis dann meine nächste Frage kommt, hätte die Dame die Chance zu erkennen, dass kein 90jähriger mit Krückstock an ihrem Tisch steht um sie aufzufordern. Dann würde ich fragen ob ihr die Musik gefällt. Und dann die Antwort abwarten. Bei Nein, würde ich fragen, ob ich wieder kommen dürfte, wenn die Musik anders ist, bei Ja würde ich fragen, ob sie sich vorstellen könnte, auf die Musik mit mir zu tanzen. Erst dann, wenn sie dies auch noch bestätigen würde, dann würde ich sie fragen, ob sie jetzt mit mir tanzen will. Dieses kleine Einleitungsgespräch, über die Musik zu reden, bevor man die Frau auffordert hatte in den Ü30 Tanzcafes immer funktioniert. Immer. Warum sollte es hier nicht funktionieren?

Die Mitglieder der Tanzkapelle waren plötzlich zu sehen. Sie machten sich auf der Bühne an ihren Musikinstrumenten zu schaffen. Gleich würden sie das Mikrophon nehmen und sagen: „Bitte zum Tanzen auffordern."

Ich musste schneller am Tisch der Monroe-Mutter sein als ein anderer Herr, der vielleicht näher an ihrem Tisch saß als ich. Also wartete ich nicht auf das Startsignal von der Bühne und stürmte los. Ich hatte mindestens 30 Meter Fußweg vor mir, das Tanzlokal war groß.

Ein klein bisschen schneller als ein anderer Mann stehe ich an ihrem Tisch, ich sehe sogar noch den anderen Typ abdrehen. Die Bekannte, mit der meine auserwählte Marilyn am Tisch sitzt, wird von einem anderen Mann aufgefordert und steht sofort auf.

Jetzt bin ich dran. Ich beuge mich vor und bemühe mich, nicht in den Ausschnitt von Marilyn auf ihren Busen zu sehen, sondern in ihre Augen, und sage:

„Guten Abend," und warte auf ihr „Guten Abend".

Statt „Guten Abend" zu sagen, steht die Sexbomben-Mutter auf und sagt:

„Danke".

Ich bin baff.

„Danke? Für was?", frage ich sie.

„Danke, dass Sie mich zum Tanzen aufgefordert haben", sagt sie leicht irritiert, während sie schon vor mir steht und weiter zur Tanzfläche will.

„Ich hatte nur Guten Abend gesagt, aber Sie haben Recht, ich würde gerne mit Ihnen Tanzen", grinse ich und mache eine Handbewegung zur Tanzfläche.

„Da hab ich ja noch mal Glück gehabt," sagt sie.

Auf der Tanzfläche ist natürlich Discofox angesagt. Ich weiß nicht, wie gut sie das tanzen kann und tanze nur mal ein paar Grundschritte, halte sie dabei richtig fest um die Hüfte und schaue ihr selbstbewusst in die Augen. Sie hält meinem Blick tapfer stand und schaut tapfer zurück in meine Augen.

Dann beginne ich mit Drehungen und einfachen Figuren und behalte sie stets im Auge. Sie spürt, dass ich ein guter Tänzer bin, der Führen kann.

Das erste Lied ist vorüber, wir haben kein einziges Wort miteinander gewechselt. Ich muss mal was sagen, irgendwas, sonst geht's ja nicht weiter.

Ich schaue ihr wieder mit meinem herben Machoblick tief in die Augen und sage:

„Gefällt Ihnen die Musik?"

„Ja, gefällt mir." sagt sie.

„Wollen Sie mit mir weitertanzen?"

„Ja, tu ich doch, oder?"

„Ja, aber die Kapelle hat das Lied und den Rhythmus gewechselt und vielleicht wollen Sie jetzt nicht mehr tanzen."

„Doch. Sie sind ein hervorragender Tänzer."

„Danke."

„Für was?", fragt sie jetzt schnippisch.

„Dass Sie mit mir tanzen wollen.", grinse ich zurück.

Das Eis war gebrochen. Sie schnatterte drauf los wie eine Gans. Das ganze Repertoire einer schlechten Anmache. Sie fragte mich beim Tanzen wie ich heiße, was ich von Beruf bin, ob ich öfter hier wäre, ob ich alleine hier wäre, ob ich denn keine Frau hätte, mit der ich tanzen gehen könne, weil ich mit Kumpel statt mit Tanzpartnerin gekommen wäre.

Ich beantwortete alles brav mit einer witzigen Bemerkung, aber OHNE die selben Fragen als Gegenfrage zu stellen, außer zu einem Thema. Da wollte ich auch etwas von ihr wissen:

„Okay, jetzt wissen Sie fast alles von mir, und ich weiß noch gar nichts von Ihnen. Ich habe nur eine wichtige Frage: Sind Sie verheiratet und treu?"

In diesem Moment kam der Tusch der Kapelle und alle verließen die Tanzfläche, auch wir setzten uns in Bewegung.

„Bevor Sie sich setzten hätte ich gerne noch die Antwort auf meine Frage.", sagte ich.

Wir verließen die Tanzfläche und blieben an einem Dekorationspfeiler des Tanzcafés unter einer künstlichen Palme stehen. Dann antwortete sie:

„Nein ich bin geschieden und muss niemandem treu sein, ich habe auch keinen Freund, wenn Sie das meinen. Warum haben Sie gefragt?"

„Nur so aus Neugier." Ich war ein bisschen durchschaut und fühlte mich ertappt. Hatte ich zu früh verlauten lassen, dass ich mehr von ihr wollte, als nur tanzen? Hatte ich mir jetzt alle Chancen versaut?

„Darf ich mir den nächsten Tanz wieder reservieren?" fragte ich.

„Gerne, Sie tanzen viel besser als die anderen Männer hier."

„Ja sind Sie denn öfter hier, dass sie das beurteilen können?" jetzt durfte ich mal solche blöde Fragen stellen, denn über die erste Anmache waren wir ja schon weit hinaus. Weil sie mir all diese blöden Anmacherfragen gestellt hatte, wusste ich, sie ist an mir interessiert. Ich konnte eigentlich keinen Fehler mehr machen, außer irgend einen ganz großen, wie zum Beispiel nach ihrem Alter zu fragen.

„Nein, ich bin nicht öfter hier. Heute das zweite Mal mit meiner Freundin, die dort am Tisch sitzt."

„Ah, dann hat es Ihnen also gefallen, als Sie das erste Mal hier waren und sind wieder gekommen. Das ist also ein gutes Lokal? Ich bin nämlich heute das erste Mal hier und kann das noch nicht so beurteilen."

Unser Smalltalk lief in diesem Stil weiter, sie hing an meinen Lippen. Ich vermied jegliche Anmachsprüche, fragte nicht mal nach ihrem Namen aber blieb witzig und zeigte sonst Interesse an unserer Unterhaltung im Stehen unter der Kunstpalme.

Da kam ihre Freundin, sagte sie wolle jetzt nach Hause fahren. Ich dachte: Mist, wie bei der Spanierin.

Meine Marilyn-Sexbombe klagte:

„Ich bin leider nicht mit dem eigenen Auto gekommen und muss mich nach meiner Freundin richten. Da lerne ich endlich einmal einen interessanten Mann kennen und dann muss ich gehen."

„Das ist wirklich schade. Aber wenn Sie mir Ihre Telefonnummer geben, würde ich gerne anrufen. Wir könnten uns zu einem Essen verabreden." schlug ich vor.

Sie freute sich und schnell war ein Zettelchen beschriftet und sie überreichte ihn mir. Lisa stand darauf und ihre Telefonnummer. Ich musste versprechen, auch wirklich anzurufen und ich versprach es.

An der Bar erzählte ich alles dem Peter, der brav auf mich gewartet und uns beobachtet hatte. Peter frohlockte mehr als ich.

„Siehst du, es klappt, Siggi!"

„Abwarten. Noch hatte ich keinen Sex. Es gibt auch Dates mit Frauen, die checken schnell dass ich kein Heiratskandidat bin und dann ist gleich alles vorbei bevor es losgegangen ist."

Sofort am nächsten Tag rief ich die Sexbomben-Mutter namens Lisa an und wir verabredeten uns für Montag Abend in einem Italienischen Restaurant. Ich betrat das Lokal ca. 10 Minuten vor der abgemachten Zeit, damit ich auch wirklich da wäre, wenn sie eintrifft. Es sieht doof aus, wenn eine Dame alleine in einem Restaurant am Tisch sitzt und wartet. Ein Tisch war reserviert auf meinen Namen und man fragte mich, ob ich einen Aperitif trinken wolle, bis die Dame käme. Ich bestellte einen Campari Orange und wartete. Es kam mir wie eine Ewigkeit vor, denn sie kam nicht pünktlich. Zwanzig Minuten saß ich schon im Restaurant, zehn davon war Lisa nun überfällig. Ich begann zu denken, sie hätte mich versetzt. Da kam der Kellner zu mir an den Tisch und fragte, ob ich Herr Selector sei. Ich bestätigte. Der Kellner sagte:

„Ich soll Ihnen von der Dame ausrichten, sie käme gleich."

Ich bedankte mich für die Auskunft und sah, wie der Kellner zurück ans Telefon ging und kopfnickend wohl bestätigte, dass ich anwesend war und wartete. Zwei Minuten später betrat Lisa das Lokal und wurde an meinen Tisch geführt. Weil ich damals noch kein Handy hatte, hatte sie vom Parkplatz mit ihrem Handy im Restaurant angerufen, und nachgefragt, ob ich auch da sei! Diese älteren Damen waren doch wirklich sehr erfahren, registrierte ich.

Lisa freute sich, dass ich auf sie wartete und entschuldigte sich für ihr zu spätes Kommen. Auch sie bestellte zunächst einen Aperitif und der Kellner brachte ihn zusammen mit der Speisekarte.

Lisa und ich saßen uns gegenüber, schauten uns in die Augen, fingen an zu reden und himmelten uns dabei gegenseitig an. Sie hatte ein Kleid an, das ihre frauliche Figur gut zur Geltung brachte und ich war sicher, dass sie dieses Kleid deshalb angezogen hatte, um mir zu gefallen.

Wir waren derart von uns fasziniert, dass wir vergaßen, in die Karte zu schauen. Als der Kellner kam und die Bestellung aufnehmen wollte, mussten wir ihn mit der Begründung wegschicken, wir bräuchten noch etwas Zeit um auszuwählen. Ich beschuldigte Lisa, dass ihr verführerisches Aussehen schuld daran war, dass ich nicht in die Karte gesehen hatte. Und sie warf mir vor, mich durch unser Gespräch abgelenkt zu haben, so dass sie auch vergessen hatte, in die Karte zu schauen.

Sofort verloren wir uns wieder in unserem Gespräch und unseren Augen. Als der Kellner wieder kam, hatten wir noch immer keine Speise gewählt. Ich schlug ihm vor: „Sie haben bestimmt verschiedene Pasta-Sorten. Bitte empfehlen Sie mir eine Spezialität Ihres Hauses, eine Pasta-Sorte"

Er empfahl die Pasta a la Casa und einen passenden Rotwein. Ich bestellte seine Empfehlung ohne den Preis in der Karte zu prüfen und Lisa schloss sich meiner Bestellung an.

Worüber wir uns genau unterhielten, weiß ich nicht mehr, aber es wimmelte von Zweideutigkeiten und Anspielungen auf Erotik und Geilheit.

Schließlich beugte sich Lisa weit vor und fragte mit leicht angewinkeltem Kopf: „Hast du heute noch etwas vor, Siggi?"

„Ja, Lisa, und ich hoffe, du hast heute noch das Gleiche vor, wie ich."

„Sprechen wir vom selben Thema, Siggi?"

„Ich habe das Gefühl Lisa, wir sprechen schon den ganzen Abend indirekt von diesem Thema.", schmunzelte ich.

„Dann werde ich mal direkter", sagte sie und streichelte unter dem Tisch mit ihrem Fuß mein Bein hinauf.

„Dies ist direkt genug, Lisa. Herr Ober, zahlen bitte!"

Ich übernahm die Rechnung wie es sich für einen Gentleman gehört. Auf dem Parkplatz des Restaurants stieg ich in meine alte Schrottkarre, TÜV zwei Monate abgelaufen, und sie in einen nagelneuen, weißen BMW. Dann fuhr sie mit ihrem tollen Auto meiner alten Karre hinterher, zu mir nach Hause.

In der Wohnung angekommen bekam sie von mir einen Orangensaft mit Campari. Ich dämmte das Licht und ließ Kuschelrock-Musik laufen. Dann ging ich ins Bad, und sie sollte auf der Couch auf mich warten. Frisch gemacht und nur mit Badehandtuch bekleidet kam ich wieder zurück ins Wohnzimmer und unser Liebesspiel begann auf der Couch, da hatte sie noch das scharfe Kleid an.

Lisa war begeistert von meiner Art zu Küssen und konnte kaum damit aufhören. Kleid ausziehen, Körperstreicheln, Sexpositionen... alles durfte ich machen, nur nicht das Küssen unterbrechen. Sie war süchtig nach meinen Küssen.

Wir schafften es ins dunkle Schlafzimmer. Ich knipste das Licht an und sie knipste es sofort wieder aus. Ins Schlafzimmer fiel nur das schale Licht, das durch die geöffnete Wohnzimmertür hereinfiel. Ich konnte ihren Körper und ihren Busen leider nicht richtig sehen, aber die Umrisse zeichneten sich immerhin ab. Sie hatte zwar einen weichen Hängebusen, aber der war ziemlich groß. Notgeil wie ich war, wäre ich sogar auf eine Frau ohne Busen scharf gewesen.

Ich schaffte über eine ganze Stunde Sex, weil ich die bewährte „Stopp"-Technik anwandte, und immer wenn ich kurz vorm Orgasmus war, die Position wechselte.

Als wir beide gerade in der 69-Stellung waren und sie mich blies und ich sie leckte, da kam sie. Sie stöhnte heftig, konnte nicht mehr blasen und brach schließlich erschöpft über mir zusammen. Ich erstickte fast unter ihrem sexbombigen Gewicht. Als sie sich beruhigt hatte, fragte sie mich, in welcher Stellung ich jetzt kommen wollte. Ich bat sie darum, mich zu blasen bis ich käme. Ohne mir zu sagen, dass ich sie warnen sollte, wenn ich käme, fing sie an, an meinem Schwanz zu saugen. Wow, Lisa konnte wirklich gut blasen. Wie beim Küssen erzeugte sie den Unterdruck im Mund und saugte meinen Penis tief in sich hinein.

Ich lag auf dem Rücken, sah vor lauter Dunkelheit eigentlich nichts, außer der Silhouette der runden Sexbombe, und genoss es, wie sie an meinem Glied nuckelte und ihre Zunge die Eichel umspielte.

Kurz bevor ich kam, signalisierte ich meinen nahenden Orgasmus mit lauter werdenden Wohlfühlgeräuschen und Unruhe in meinen Lenden. Lisa ließ sich nicht beirren und saugte weiter und kräftiger und fester und tiefer. Ich explodierte in ihrem Mund. Sie saugte weiter und nahm jeden Stoss meines Orgasmus in ihren Mund auf. Ich wusste nicht, ob sie mein Sperma schluckte oder nicht, aber sie ließ nicht ab von meinem ejakulierenden Schwanz.

Nachdem ich ausgezuckt hatte, sprang sie auf und eilte quer durchs Wohnzimmer ins Bad. Ich stand auf und folgte ihr. Lisa stand schon in der Dusche und seifte sich gerade den ganzen Körper ein. Als ich eintrat und sie sah, lächelte sie mich glücklich an.

Ich aber erschrak, als ich ihren Körper im hellen Licht des Badezimmers sah. Die Titten, die im Abendkleid so schön im Ausschnitt anzusehen gewesen waren, hingen unappetitlich bis auf ihren Bauch herunter. Der Bauch selbst war fast wie der eines Bierbauches von einem Mann, aber nicht prall und rund sondern schwabbelig. Dazu hatte er Dellen und war überzogen von faltigen, alten Schwangerschaftsstreifen. Ihre Beine waren zwar schlank, aber unmuskulös dürr und passten nicht zum Rest der fülligen Figur. Und wo ich bei jungen Mädchen von einem festen Knackarsch schwärmte, da konnte ich hier nur einen Flacharsch sehen.

Ohne mir etwas anmerken zu lassen, lächelte ich zurück. Lisa stieg aus der Dusche und jetzt stieg ich hinein. Während sie sich abtrocknete und ich mich abseifte, begann sie zu reden. So einen fantastischen Sex hätte sie schon lange nicht mehr gehabt und sie wüsste schon jetzt, dass sie nicht genug von mir bekommen könne. Ich wusste allerdings, dass ich genug von ihr hatte und hatte Angst sie würde es mir anmerken, wie damals Ingrid, die mich aus ihrer Wohnung geworfen hatte. Lisa konnte mich nicht rauswerfen, wir waren ja in meiner Wohnung. Ich blieb also diplomatisch. Ich wollte keinen Stress nach diesem guten Sex.

Es war Montagabend und weil wir beide am nächsten Tag wieder zur Arbeit mussten, war es ein guter

Grund, zu erwähnen, dass jeder für sich alleine schlafen sollte. Sie war ganz meiner Meinung, auch sie bevorzugte es, jetzt zu gehen.

Als sie wieder angezogen im Abendkleid vor mir stand, sah Lisa wieder gut aus. Es ist unglaublich, wie Kleider einem Menschen zu gutem Aussehen verhelfen können. Die Mode lenkt gekonnt von der nackten Wahrheit ab.

Ihr Auto parkte genau vor meiner Haustüre, ich begleitete sie noch herunter. Sie öffnete die Autotür, schmiss ihre Handtasche auf den Sitz, dann drehte sie sich um und sagte: „Küss mich noch einmal, ich bin verrückt nach deinen Küssen."

Wieder küssten wir uns wie vor unserem Sex, auf der Couch, und wieder wollte sie gar nicht mit dem Küssen aufhören. Nach dem Küssen sagte sie:

„Wie du hat mich erst ein einziger Mann in meinem Leben vorher geküsst. Das war auf einer Faschingsparty, bei einer Art Flaschendrehen, vor circa zwanzig Jahren."

„Moment mal. War das, was du Flaschendrehen nennst, ein Tanz im Kreis mit Kuss-Roulette? In der damaligen Disco Beatnik?", fragte ich, etwas ahnend.

„Ja, genau im Beatnik, die Männer links rum, die Frauen rechts rum und bei Musik-Stopp ein Kuss. Da erwischte ich einen Jungen, der mich auf diese Art geküsst hat. Er hat mich aus dem Kreis von der Tanzfläche gezogen und dann haben wir uns nur noch geküsst. Hast du das Spiel auch mitgemacht?"

Lisa schöpfte noch keinen Verdacht.

Ich half ihr auf die Sprünge:

„Ja. Und dann hat er dich auf die Herrentoilette mitgenommen und du hast ihm dort einen geblasen. War es an diesem Tag, Elli? Du heißt Elisabeth, aber du nennst dich jetzt Lisa, damals warst du Elli. Hab ich Recht?"

„Mein Gott! Du bist mein Märchenprinz! Der Junge, den ich geküsst habe und dann einfach vor der Damentoilette stehen ließ. Wie oft habe ich das bereut. Ich habe immer gedacht, das war mein Froschkönig. Ich habe ihn geküsst, aber den Prinz sausen lassen, nicht mal nach seinem Namen gefragt. Du warst mir damals zu jung, ich glaube 5 Jahre jünger als ich."

„Das bin ich wohl noch heute, aber inzwischen sieht man den Altersunterschied nicht mehr so genau. Ich habe übrigens damals geglaubt, ich hätte das Küssen von dir gelernt," gestand ich.

„Und ich dachte, ich hätte es von dir gelernt. Ich fand es so toll, dass ich von einem Bubi – Entschuldigung Siggi - so toll geküsst worden war, dass ich dem Bubi mal zeigen wollte, wie ein Frau seinen Schwanz küssen kann. Ich wollte dem Jungen zeigen, dass ich mehr kann als er. Deshalb hab ich auf der Toilette nicht nur geküsst und gewichst, wie er es erwartet hatte, sondern ihm einen geblasen. Ich kann es immer noch nicht fassen, Siggi, dass du es warst! Komm, küss mich noch mal, mein Traumprinz."

Ich küsste Lisa, meine Ex-Elli, noch einmal und wieder kriegte ich sie kaum von meinen Lippen los. Ich verdrängte daran zu denken, wie sie jetzt, mit circa

45 Jahren nackt aussah und versuchte mich, auf das Küssen zu konzentrieren.

Trotzdem wurde mir währenddessen klar, dass es nur eine Illusion war: Mit geschlossenen Augen zu küssen und im Dunkeln zu vögeln, konnte zwar schön sein, aber nur, wenn man sich selbst etwas vortäuschte. Das wollte ich aber nicht. Ich hatte mich immer an der Optik, am Aussehen schöner Mädchen erfreut. Mir war klar, dass ich keine Freundin haben wollte, die so alt aussah wie Lisa.

Endlich war Lisa fertig mit Küssen. Sie stand vor mir und als ob sie es geahnt hätte, was ich beim Küssen gedacht hatte, fragte sie mich, wie damals Ingrid:

„Ist das nun der Anfang einer Beziehung oder war ich nur ein Aufriss für dich?"

Mein Gesicht wurde ernst und ich sagte ruhig:

„Lisa, ich bin gegen feste Beziehungen. Wenn du aber nichts gegen lockere Beziehungen hast, dann können wir mal wieder zusammen ins Bett gehen. Aber der Froschkönig, der dir alleine gehört, weil du ihn mit dem Kuss verzaubert hast, bin ich nicht. Ich sag's mal mit deinen damaligen Worten, falls du dich erinnerst: Brauchst nicht auf Liebe zu machen. Aber wenn du nur Sex willst, dann ruf mich an."

Ja, es war hart. Ich war ein Macho geworden.

Lisa sah mir wortlos in die Augen und schwieg eine Weile. Ich sah, wie die Glut für mich aus ihren Augen schwand und in ihrer Seele die Hoffnung starb.

So wie meine Hoffnung gestorben war, nachdem Barbie Lolita mir ins Gesicht gesagt hatte: „Sie sind mir zu alt."

Hatte ich Lisa eben das gleiche gesagt? Nein. Aber ich hatte es gedacht. Und es schien, als fühlte die vor mir stehende Lisa gerade das selbe, das ich gefühlt hatte, als ich vor Lola stand.

Dann sagte Lisa gefasst und ruhig:

„In Ordnung Siggi. Um an die Liebe zu glauben sind wir inzwischen zu erfahren. Ich ruf dich dann an."

Lisa stieg in ihren weißen BMW und fuhr los. Der Spruch - Ich ruf dich an – war nichts als eine Worthülse die man sich sagt, wenn man eigentlich meint: Das war's dann.

Lisa rief nicht an und ich rief sie auch nicht an. Mein ganzes Leben hatte ich Elli als eine Art Traumfrau in Erinnerung gehabt, die selbstbewusst war und Sex und Liebe hatte trennen können. Brauchst nicht auf Liebe machen, wenn du Sex willst, das hatte ich von ihr gelernt. Jetzt, nachdem ich sie wiedergesehen hatte, nach der Liebe ihres früheren Kussprinzen lechzend, war mein Bild von der selbstbewussten, schönen Elli zerstört.

Die alte, um Küsse bettelnde Lisa wollte ich nicht. Ich wollte eine hübsche Frau beim Bumsen auch ansehen und mich an ihrer Schönheit erfreuen und aufgeilen können. Meine Elli von damals war nicht mehr schön.

Ich ging ins Bad, stellte mich vor den Spiegel. Ich war zwar fast vierzig, nur ca. fünf Jahre jünger als

Lisa, aber ich hatte keinen Bauch, keine Hängetitten, keine Schwangerschaftsstreifen, keinen Schwabbelarsch. Ich war froh, keine Frau zu sein.

Häschen jagen klappt nicht mehr
Am nächsten Tag rief mich Peter an.

„Wie ist es gelaufen Siggi? Hast du sie rumgekriegt? Hattet ihr Sex? Los erzähl!" fragte Peter.

„Ja wir hatten Sex. Ich glaube, sie hat mich rumgekriegt, nicht ich sie. Wenn wir uns treffen, beim Bier, erzähl ich dir alles."

„Wirst du sie wieder sehen?" fragte Peter.

„Nein. Sie will zwar, aber ich will nicht mehr."

„Warum, denn das? War sie so schlecht im Bett?"

„Nein. Aber sie ist alt und will eine feste Beziehung."

„Dann gehen wir nächsten Samstag eben wieder in den Oldie-Schuppen und du reißt eine andere auf. Oh Mann Siggi. Du bist und bleibst der Ober-Macho. Aber eines hast du jetzt gelernt: Du kannst noch flirten und kriegst immer noch Frauen ins Bett."

„Gestern, das könnte Zufall gewesen sein."

„Nein, Siggi, in dieser Altersklasse wirst du immer eine finden. Du bist der Top-Tänzer, Top-Flirter. Für die Oldies bist du die erste Wahl. Du kannst wieder jagen und Sex haben, so soft du willst."

„Aber nicht mit jungen Barbies! Peter, bin ich jetzt verdammt dazu, für den Rest des Lebens nur alte Frauen bumsen zu dürfen?"

„So sieht's aus. Häschen jagen klappt nicht mehr."

„Nie mehr geiler Sex mit jungen Traumfrauen?"

„Siggi... So pessimistisch darfst du nicht sein."

Eine Gedankenpause folgte, dann fuhr Peter fort:

„Siggi, es gibt noch eine Chance auf junge Hasen."

„Welche?" fragte ich zweifelnd.

„Das kann ich dir am Telefon nicht sagen."

„Warum nicht?"

„Ist zu kompliziert."

„Ich will's jetzt aber sofort wissen!", forderte ich.

„Na, dann treffen wir uns jetzt sofort auf ein Bier."

Peter holte mich ab. Beim Bier in einer wenig besuchten Eck-Kneipe erläuterte er mir seine Idee, wie wir wieder junge Hasen ins Bett kriegen könnten.

Wir diskutierten seinen Vorschlag, doch einmal in den Puff zu gehen. Oder nach Thailand zu fahren. Da gibt es Sex ohne Liebe, soviel man will, mit jungen Damen wie Lolita. Alle bekommt man ins Bett, ohne auf Liebe machen zu müssen und ohne, dass man davon Liebeskummer bekommt. Nach all diesen Erlebnissen, die ich in diesem Buch aufgeschrieben habe, war der Besuch bei bezahlbaren Liebesdienerinnen eigentlich die logische Konsequenz und man war sicher, kein Gefühlschaos zu erleben. Also nahmen wir uns vor, es auszuprobieren.

Ich war gespannt auf meine nächsten Abenteuer.

* * *

Fortsetzung folgt!

Nicht vergessen zum Ersten:

Liebe endet mit Liebeskummer,
Sex endet mit Orgasmus.
Die Lust auf Abenteuer endet nie

Nicht vergessen zum Zweiten:

Adler landen nie im Käfig!

Siggi Selector

Siggis Leben ist aufregend und adrenalinhaltig.
Es gibt noch mehr Storys und Bücher von ihm.

Hasenjagd im Singlemarkt

Sex oder Salsa

Lustlauf durchs Laufhaus

Die Schöne war das Biest

Spiel mit der Sklavin

Weitere sind in Arbeit

Kontaktaufnahme, Leserbriefe:
Siggi Selector ist bei Facebook und Twitter